TOKIMEKI YUME BUNKO

ウィリアム・シェイクスピア　作

ロミオとジュリエット

バレエの名作4選

トキメキ夢文庫

物語《ものがたり》の見《み》どころ

ロミオとジュリエット
P5～112

バルコニーでの語《かた》らい
（第《だい》3章《しょう》）

舞台《ぶたい》はイタリアのヴェローナ。パーティーで運命的《うんめいてき》な出会《であ》いをしたロミオとジュリエットは、ジュリエットの家《いえ》のバルコニーで気持《きも》ちを確《たし》かめあいます。しかし、二人《ふたり》の家《いえ》は宿敵《しゅくてき》どうし。仲《なか》よくすることが許《ゆる》されない関係《かんけい》なのです。試練《しれん》を乗《の》りこえ愛《あい》をつらぬくことができるのでしょうか―!?

ねむれる森《もり》の美女《びじょ》
P113～144

おひめさまは100年《ねん》のねむりに（第《だい》2章《しょう》）

おひめさまは生《う》まれたとき、妖精《ようせい》たちからお祝《いわ》いとして魔法《まほう》をプレゼントされました。しかし、ある一人《ひとり》の悪《わる》い妖精《ようせい》がかけたのろいのせいで、16歳《さい》になったとき、100年《ねん》のねむりについてしまうのです。100年《ねん》の間《あいだ》おひめさまはねむったまま、すてきな王子《おうじ》が現《あらわ》れるのを待《ま》ち続《つづ》けます。

白鳥《はくちょう》の湖《みずうみ》 P145～176

白鳥《はくちょう》に変《か》えられた美《うつく》しいひめとの出会《であ》い（第《だい》2章《しょう》）

ジークフリート王子《おうじ》は狩《か》りのとちゅう、湖《みずうみ》のほとりで美《うつく》しい白鳥《はくちょう》に出会《であ》います。悪魔《あくま》ののろいのせいで姿《すがた》を変《か》えられたオデットでした。一目《ひとめ》でオデットに恋《こい》をしたジークフリートは、愛《あい》をちかいますが、悪魔《あくま》はそれを許《ゆる》さず……。

くるみわり人形《にんぎょう》とねずみの王《おう》さま P177～222

くるみわり人形《にんぎょう》を大切《たいせつ》にする（第《だい》2章《しょう》）

大好《だいす》きなおじさんから、クリスマスプレゼントにくるみわり人形《にんぎょう》をもらったマリー。その人形《にんぎょう》は頭《あたま》でっかちでぶかっこうでしたが、どこか不思議《ふしぎ》なみりょくを感《かん》じます。けれど、人形《にんぎょう》をもらった日《ひ》から夜《よる》になるとマリーのまわりで不思議《ふしぎ》なことが起《お》きるようになり──!?

美《うつく》しいバレエの世界《せかい》

美《うつく》しいダンスや衣装《いしょう》、音楽《おんがく》でいろどられたはなやかな世界《せかい》は、わたしたちの心《こころ》をとらえます。セリフはなくとも、ダンサーの飛《と》びぬけた表現力《ひょうげんりょく》で物語《ものがたり》をつむいでいくのです。

写真：アフロ

白鳥《はくちょう》の湖《みずうみ》　第《だい》2幕《まく》のラストシーン

バレエってどんなもの？

バレエの始《はじ》まりは、15世紀《せいき》ごろのイタリアで王《おう》や貴族《きぞく》の前《まえ》でおどられたものです。その後《ご》フランスで発展《はってん》しました。そのため「バレエ」という言葉《ことば》はイタリア語《ご》が起源《きげん》ですが、バレエ用語《ようご》にはフランス語《ご》が多《おお》いのです。

バレエでは、トウシューズというつま先立《さきだ》ちができるバレエ用《よう》のくつをはいて、ジャンプしたり、片足《かたあし》をじくにして回《まわ》ったりしておどります。バレエダンサーは、限界《げんかい》まで体《からだ》を使《つか》ってさまざま役《やく》になりきります。舞台《ぶたい》に立《た》つため、日々努力《ひびどりょく》を重《かさ》ねているのです。

ロミオとジュリエット

もくじ

『ロミオとジュリエット』
人物相関《じんぶつそうかん》チャート

舞台《ぶたい》は14世紀《せいき》のイタリア・ヴェローナ。二《ふた》つの名家《めいか》があり、ずっとにくみあっていました。二《ふた》つの家《いえ》をとりまく人々《ひとびと》を紹介《しょうかい》します。

《キャピュレット家《け》》

ジュリエット

親子《おやこ》

キャピュレット夫妻《ふさい》

対立《たいりつ》

乳母《うば》

世話《せわ》する

仕《つか》える

おい

ティボルト

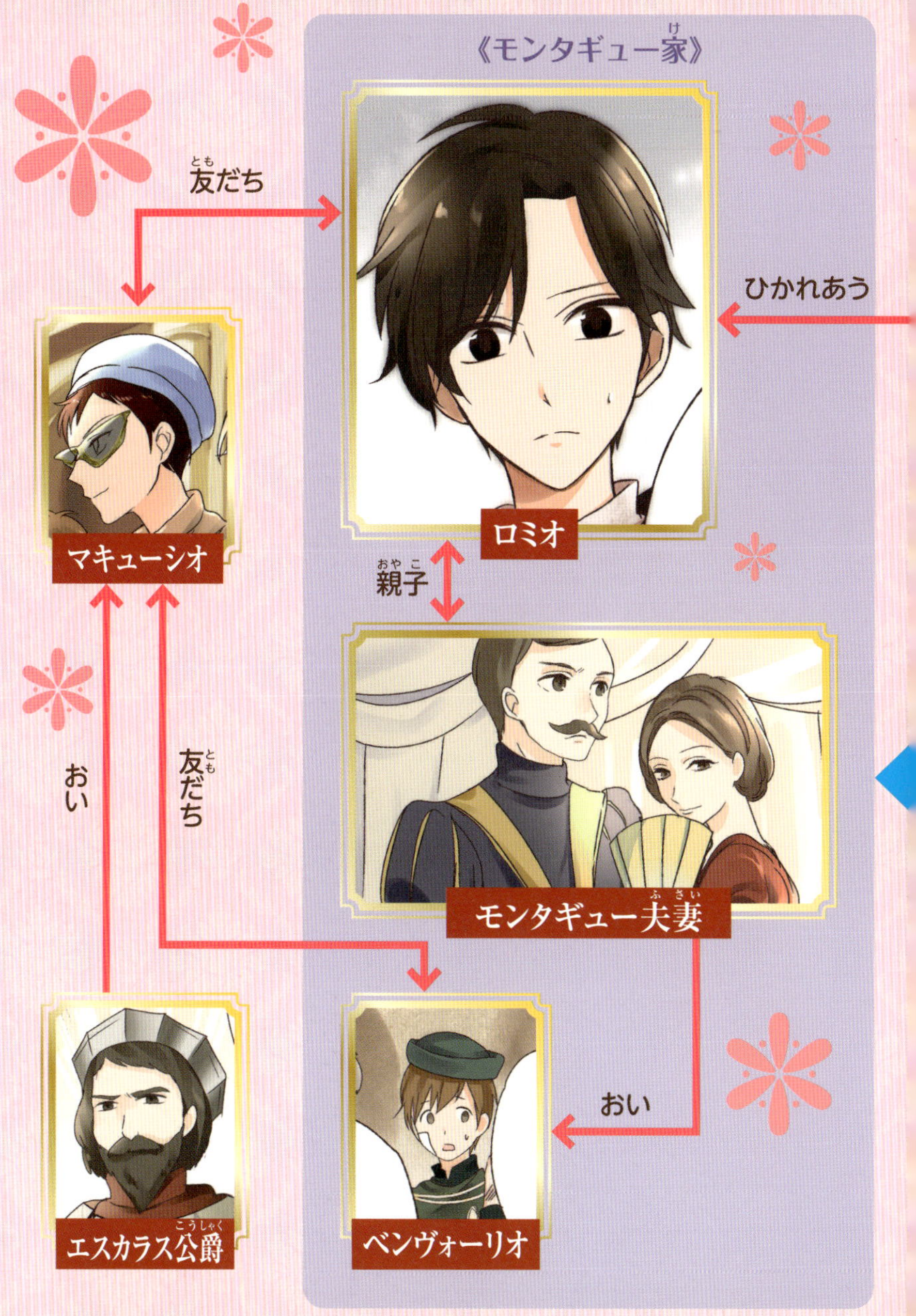
《モンタギュー家《け》》
友《とも》だち
ひかれあう
ロミオ
マキューシオ
親子《おやこ》
モンタギュー夫妻《ふさい》
おい
友《とも》だち
おい
エスカラス公爵《こうしゃく》
ベンヴォーリオ

登場《とうじょう》人物《じんぶつ》紹介《しょうかい》

物語《ものがたり》の中心《ちゅうしん》となる３人《にん》の登場人物《とうじょうじんぶつ》です。

ジュリエット

もうすぐ14歳《さい》。キャピュレット家《け》の一人《ひとり》むすめ。母親《ははおや》にすすめられるが、結婚《けっこん》はまだ早《はや》いと思《おも》っている。美《うつく》しく、りりしい。

ロミオ

16歳《さい》。モンタギュー家《け》の一人息子《ひとりむすこ》。ある女性《じょせい》との恋《こい》になやんでいる。けんかはあまり好《す》きではない。

ローレンス

修道士《しゅうどうし》。修道院《しゅうどういん》で暮《く》らしている。二《ふた》つの家《いえ》の争《あらそ》いをやめてほしいと思《おも》っており、ロミオとジュリエットの手助《てだす》けをする。

第《だい》1章《しょう》 二《ふた》つの家《いえ》の宿《しゅく》命《めい》

この街《まち》には
二《ふた》つの名家《めいか》があった。
キャピュレット家《け》と
モンタギュー家《け》。
両家《りょうけ》はとても仲《なか》が悪《わる》く
何《なに》かと競《きそ》いあうだけでなく、激《はげ》しくにくみあうようになっていた。
この争《あらそ》いは当主《とうしゅ》だけではなく、両家《りょうけ》の親《しん》せきやめしつかい、友人《ゆうじん》たちにも飛《と》び火《ひ》し、

彼《かれ》らは顔《かお》をあわせればけんかを始《はじ》めるのだった。
見《み》ろ、キャピュレットの家長《かちょう》だ！
だれか、剣《けん》をよこせ！
あなた、やめて。
キャピュレット
家長《かちょう》。ジュリエットの父《ちち》
モンタギューだ！
おやめになって…。
はなせ！決着《けっちゃく》をつけるぞ！
モンタギュー
家長《かちょう》。ロミオの父《ちち》
ワー
ワー
エスカラスさま、こちらです！
むむ…。

両者《りょうしゃ》、剣《けん》をしまいなさい！
おまえたちときたら、
けんかをしずめる立場《たちば》なのに、どうかしているぞ。
エスカラス公爵《こうしゃく》
ヴェローナ領主《りょうしゅ》
これ以上《いじょう》街《まち》の平和《へいわ》を乱《みだ》すようなことがあれば、
きびしいばつをあたえる！
ぐぬぬ
さあ、みな帰《かえ》りなさい。
さわぎはもうこりごりだ。
あ…。

ベンヴォーリオ！ 最初《さいしょ》からここにいたのか？
あ、いえ、ぼくが来《き》たときにはもうけんかが始《はじ》まっていて…。
ベンヴォーリオ モンタギューのおい
ぼくはとめに入《はい》ったのですが、ティボルトにおそいかかられて。
何《なに》!? あの乱暴者《らんぼうもの》め！
ティボルト キャピュレットのおい
ロミオがけんかに加《くわ》わっていなくて、よかったわ。
ロミオなら、森《もり》で見《み》かけましたよ。一人《ひとり》でいたいようで声《こえ》はかけませんでしたが。
ぼくが聞《き》いてみましょう。きっと力《ちから》になれると思《おも》います。
あいつはどうも悩《なや》みがあるらしいんだ。わしには話《はな》してくれんのだがな。
たのむぞ。

ロミオ！
あ…！
ベンヴォーリオ。
何《なに》か悩《なや》んでいるらしいね。話《はなし》を聞《き》くぞ。
はぁ…
実《じつ》は…。

そうか、
最近《さいきん》きみがゆううつな顔《かお》をしていたのは……、
恋《こい》のなやみが原因《げんいん》だったのか！

美《うつく》しいロザライン…。

どんなに恋《こい》をしてもかなわない……。彼女《かのじょ》は、一生《いっしょう》結婚《けっこん》しないちかいを立《た》てているんだ。

そうなのか。

見《み》こみがない相手《あいて》に恋《こい》をするなんて時間《じかん》のむだだ。忘《わす》れちまえよ！

……。

そう簡単《かんたん》には……。

あの〜。すみません、だんなさま方《がた》。

ん？　何《なん》だ？
あっし学《がく》がないもんで、字《じ》が読《よ》めないんです。
これを読《よ》んでもらえませんかね？
わかった。これは……。
!!
ロミオ、大変《たいへん》だ！
何《なん》だ？
これを見《み》ろ！
舞踏会《ぶとうかい》のお知《し》らせ？それがどうした？
この名前《なまえ》を見《み》てみろ！
ロザラインだ!!

この舞踏会《ぶとうかい》はどこで行《おこな》われるんだい？
あっしがお仕《つか》えするキャピュレット家《け》のお屋敷《やしき》でさあ。
だんなさま方《がた》もよかったら、いらっしゃってくだせえ。
だれだって歓迎《かんげい》しますよ。
モンタギュー家《け》の人間《にんげん》でなければ。
では
…。

ん～。
いや。
ラッキーだろ。
この舞踏会《ぶとうかい》に行《い》こうぜ。
きみがほれてるロザラインも来《く》るし、ヴェローナじゅうの美人《びじん》が集《あつ》まるんだぜ！
でも、これはキャピュレット家《け》だ。
大丈夫《だいじょうぶ》。幸《さいわ》い、仮面舞踏会《かめんぶとうかい》だ。
顔《かお》をかくせばおれたちがモンタギューの者《もの》だってことはばれやしない。
なるほど…。

気晴《きば》らしには持《も》ってこいさ。
きみも、たくさんの美人《びじん》を見《み》ればロザラインだけが女《おんな》じゃないって気《き》づくさ！
ほかの女性《じょせい》なんて…。
興味《きょうみ》はないな。
ロザライン。
ぼくはあなたのすばらしさを心《こころ》に焼《や》きつけるために行《い》く。

キャピュレット家《け》
お母《かあ》さま、
今《いま》、何《なん》て おっしゃったの!?
落《お》ち着《つ》いて、ジュリエット。
キャピュレット婦人《ふじん》
ジュリエットの母《はは》

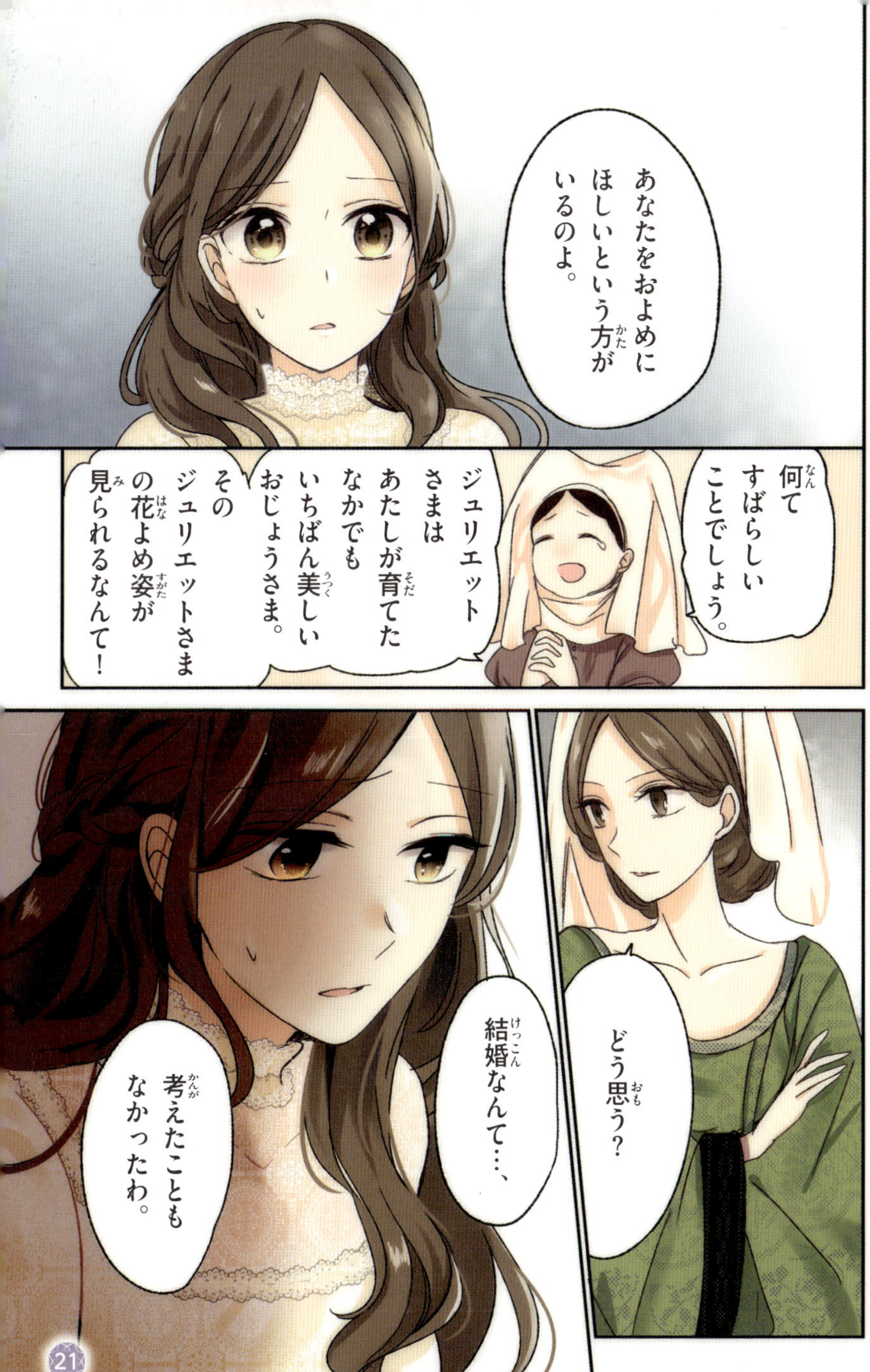
あなたをおよめにほしいという方《かた》がいるのよ。
何《なん》てすばらしいことでしょう。
ジュリエットさまはあたしが育《そだ》てたなかでもいちばん美《うつく》しいおじょうさま。
そのジュリエットさまの花《はな》よめ姿《すがた》が見《み》られるなんて！
どう思《おも》う？
結婚《けっこん》なんて…、
考《かんが》えたこともなかったわ。

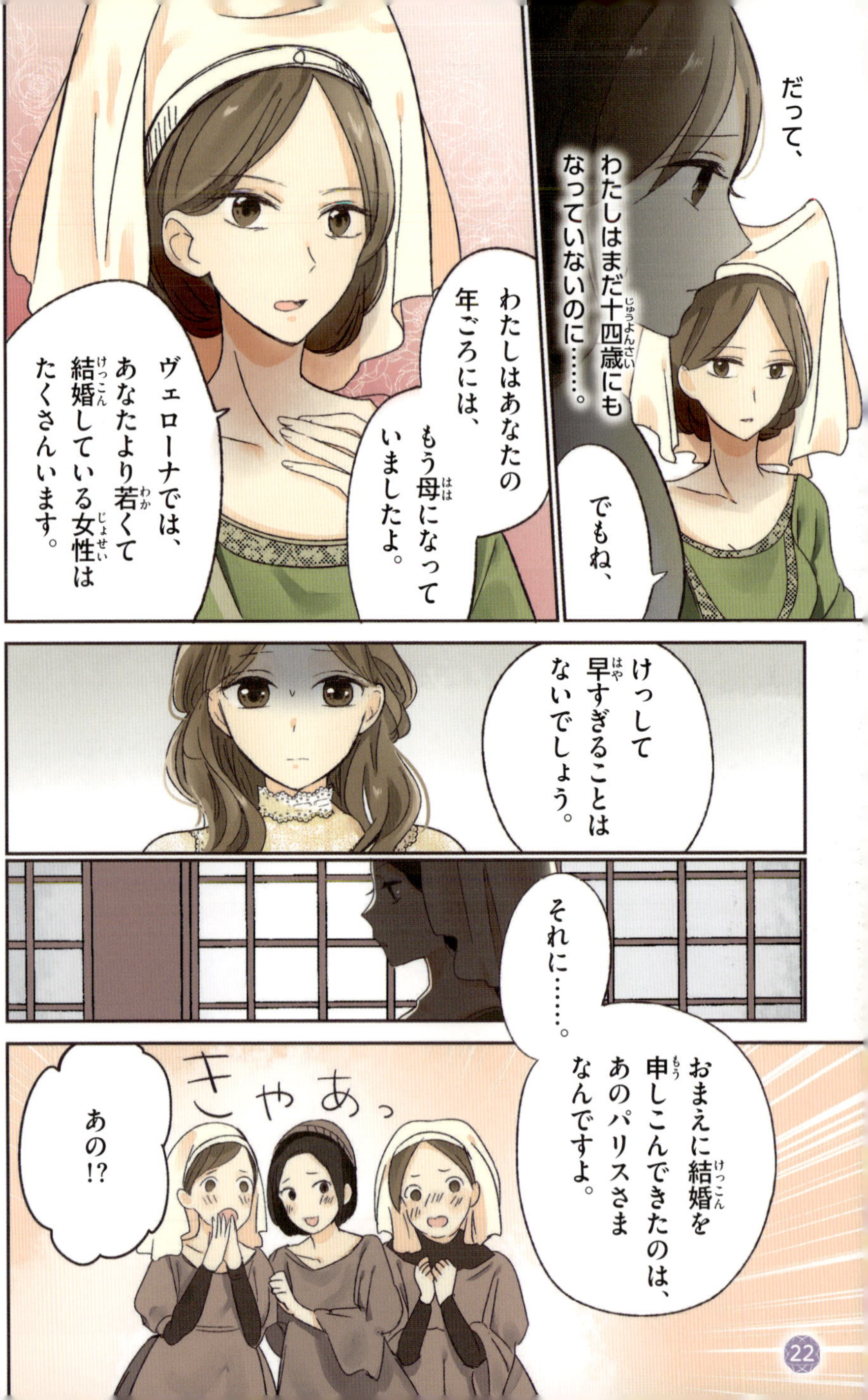
だって、
わたしはまだ十四歳《じゅうよんさい》にもなっていないのに……。
でもね、
わたしはあなたの年ごろには、もう母《はは》になっていましたよ。
ヴェローナでは、あなたより若《わか》くて結婚《けっこん》している女性《じょせい》はたくさんいます。
けっして早《はや》すぎることはないでしょう。
それに……。
おまえに結婚《けっこん》を申《もう》しこんできたのは、あのパリスさまなんですよ。
あの!?
きゃあっ

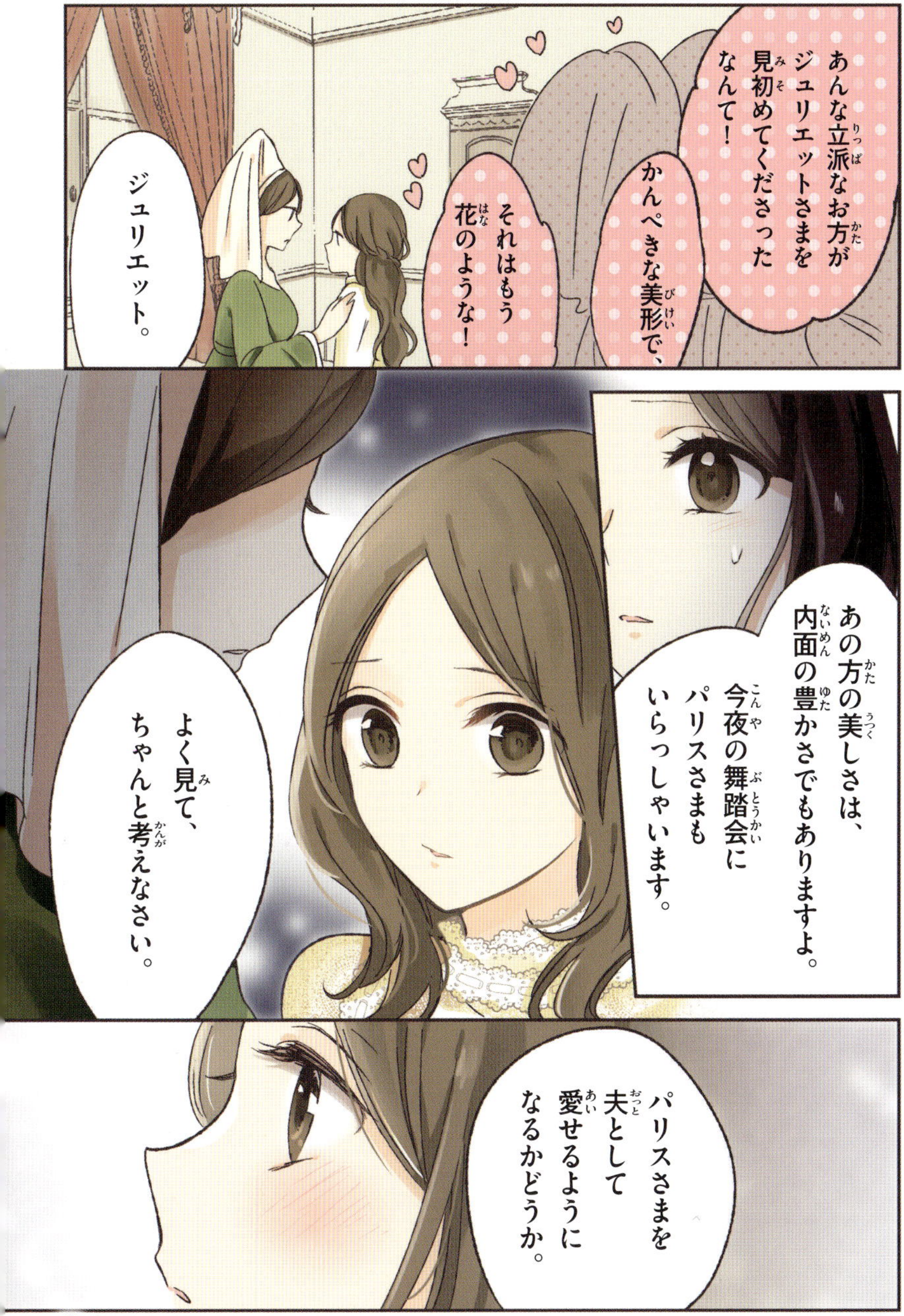
あんな立派《りっぱ》なお方《かた》がジュリエットさまを見初《みそ》めてくださったなんて！

かんぺきな美形《びけい》で、
それはもう花《はな》のような！

ジュリエット。

あの方《かた》の美《うつく》しさは、内面《ないめん》の豊《ゆた》かさでもありますよ。今夜《こんや》の舞踏会《ぶとうかい》にパリスさまもいらっしゃいます。

よく見《み》て、ちゃんと考《かんが》えなさい。

パリスさまを夫《おっと》として愛《あい》せるようになるかどうか。

わかりました。
おくさま！
お客《きゃく》さまがお見《み》えです。
すぐ行《い》きます。
あなたも早《はや》く支度《したく》していらっしゃい。
はぁ…。
結婚《けっこん》なんて、
どうしよう……。

第《だい》2章《しょう》 舞《ぶ》踏《とう》会《かい》の夜《よる》の出《で》会《あ》い

美《うつく》しいむすめに心《こころ》をうばわれて

すっかり日《ひ》がしずんだころ、ロミオはキャピュレット家《け》の屋敷《やしき》の前《まえ》にやってきた。

ベンヴォーリオと、それからもう一人《ひとり》、親《した》しい友《とも》だちのマキューシオもいっしょなのは心強《こころづよ》かった。マキューシオは、土地《とち》の領主《りょうしゅ》であるエスカラス公爵《こうしゃく》のおいで、舞《ぶ》踏会《とうかい》に正式《せいしき》に招待《しょうたい》されていたのである。

「さあ、そろそろ行《い》こうか。晩《ばん》さんがすんで舞踏会《ぶとうかい》が始《はじ》まるころだろう。」

ベンヴォーリオは仮面《かめん》をしっかりつけ直《なお》して言《い》った。

「ロミオ、まだそんな暗《くら》い顔《かお》をしているのか。今夜《こんや》は楽《たの》しもうぜ。」

親友《しんゆう》に背中《せなか》をたたかれて、ロミオはうすく笑《え》みをうかべた。マキューシオもロミオのかたに手《て》を回《まわ》す。

「せっかくの舞踏会《ぶとうかい》だ、しかめっ面《つら》はよすんだな。」

「マキューシオだ。今日《きょう》はおまねきありがとう。」

マキューシオが言《い》うと、門番《もんばん》は後《うし》ろについているロミオやベンヴォーリオのことはろくに見《み》ずになかにまねき入《い》れた。

大広間《おおひろま》では、まさに舞踏会《ぶとうかい》が始《はじ》まろうとしているところだった。

主人《しゅじん》のキャピュレットは、上《じょう》きげんで客《きゃく》をもてなしている。

「みなさま、ようこそわがキャピュレット家《け》の舞踏会《ぶとうかい》へ！　紳士諸君《しんししょくん》、今日《きょう》集《あつ》まったレディーたちは喜《よろこ》んでダンスのお相手《あいて》をしてくれるはず。遠《えん》りょなく、どんどんダンスを申《もう》しこんでくれたまえよ。わしも、ずっと若《わか》いころの話《はなし》だがな、こんなときたくさんのご婦人方《ふじんがた》にあまい言葉《ことば》をささやいたものだ。さあ、音楽《おんがく》だ、音楽《おんがく》だ！」

音楽《おんがく》が流《なが》れ出《だ》すと、仮面《かめん》をつけた招待客《しょうたいきゃく》たちはダンスを始《はじ》めた。

キャピュレットは妻《つま》と連《つ》れ立《だ》って、いろんな人《ひと》にあいさつをしたり、めしつかいにせっせと指図《さしず》をしている。

ロミオがぼんやりしていると、ベンヴォーリオもマキューシオもいつの間《ま》にか若《わか》いむすめの手《て》を取《と》ってスマートにダンスを楽《たの》しんでいる。マキューシオはともかく、ベンヴォーリオは正体《しょうたい》がばれては困《こま》るのでしんちょうにふるまっていた。一曲終《いっきょくお》わると相手《あいて》と話《はな》すことはせず、礼儀正《れいぎただ》しくおじぎをして人波《ひとなみ》に身《み》をかくし、また新《あたら》しい相手《あいて》に申《もう》しこむといった具合《ぐあい》である。

（ロザラインは来《き》ているのかな……。）

ロミオが柱《はしら》にもたれて、くるくるとおどる人々《ひとびと》をながめていると……。

（おや⁉）

一人《ひとり》のむすめの姿《すがた》が、ロミオの目《め》にとまった。

（何《なん》と美《うつく》しいむすめだろう。だれよりもかがやいている！　この世《よ》のものとは思《おも》えない。まるで宝石《ほうせき》のようにきらめいているじゃないか。真《ま》っ黒《くろ》なカラスの群《む》れのなかに、純白《じゅんぱく》のハトがたった一羽《いちわ》まぎれこんでいるみたいだ！）

むすめはみんなと同《おな》じように仮面《かめん》をつけていたけれど、ロミオはその美《うつく》しさをひしひしと感《かん》じとっていた。ドキドキと高鳴《たかな》る胸《むね》の音《おと》は、ロミオに真実《しんじつ》の恋《こい》の訪《おとず》れを告《つ》げていた。

（ああ、ぼくは今《いま》まで本当《ほんとう》の恋《こい》をしたことはなかったんだ。ぼくは今《いま》、生《う》まれて初《はじ》めて本物《ほんもの》の美《うつく》しさに出会《であ》った！）

ロミオはいても立《た》ってもいられず、近《ちか》くにいためしつかいにたずねた。

「ちょっと聞《き》くが、あのむすめさんはだれなんだい？」

めしつかいは首《くび》をひねった。

「さあ？　わかりません。」

ロミオは、われを失《うしな》ってまくしたてた。

「ああ、あの美《うつく》しさときたら！　もったいなくて近《ちか》づけないくらいだが……いや、ぼくはこの曲《きょく》が終《お》わったらあの人《ひと》のところに行《い》って、手《て》にふれてみたい。いやしい

ぼくの手《て》を、あの人《ひと》に清《きよ》めてほしいのだ！」

興奮《こうふん》のあまり、つい大《おお》きな声《こえ》を出《だ》してしまったロミオに、気《き》づいた者《もの》がいた。

（今《いま》の声《こえ》はモンタギュー家《け》のロミオだ、まちがいない！）

それは、少《すこ》しはなれたところにいたティボルトである。

ティボルトはキャピュレットのおいで、キャピュレット家《け》のなかでもひときわはげしくモンタギュー家《け》をにくんでいる若者《わかもの》だ。今朝《けさ》の広場《ひろば》のけんかでもひとあばれした乱暴者《らんぼうもの》である。

ティボルトは、するどい目《め》つきでロミオをにらみ、声《こえ》をあらげた。

「だれか、剣《けん》を持《も》ってきてくれ。あいつめ、仮面《かめん》をつけて、わがキャピュレットの舞踏会《ぶとうかい》をぶちこわしに来《き》たにちがいない。それなら先《さき》に、たたき殺《ころ》してやる。」

ティボルトの声《こえ》を聞《き》きつけ、キャピュレットがおどろいてかけ寄《よ》ってきた。

「どうしたんだ？　めでたい席《せき》で、ぶっそう*なことを……。」

「おじさん、見《み》てください。あそこにいるのはモンタギューの息子《むすこ》のロミオです。顔《かお》をかくしてもぐりこんできやがったんですよ！」

キャピュレットは、ティボルトの指《ゆび》さす先《さき》を見《み》た。仮面《かめん》ではっきり顔《かお》はわからないものの、たしかにそれはロミオのようだ。しかし、すみのほうで大人《おとな》しくしていて、何《なに》かしでかす気配《けはい》はない。

「今日《きょう》のところは知《し》らん顔《かお》をしておけ。モンタギューの息子《むすこ》とはいえ、ロミオは評判《ひょうばん》のいい青年《せいねん》だ。せっかくの舞踏会《ぶとうかい》で、めんどうなさわぎを起《お》こすんじゃない。」

「でも、おじさん……。あんなやつがまぎれこんでると思《おも》うと、ぼくはこれっぽっちも楽《たの》しめやしない。」

*ぶっそう……何《なに》かあぶないことが起《お》こりそうな様子《ようす》。

キャピュレットはため息《いき》をつくと、ティボルトをまっすぐに見《み》た。

「おまえは少《すこ》しがまんを覚《おぼ》えなければいかんぞ、ティボルト。いいか、この家《いえ》の主人《しゅじん》はわしだ。わしの言《い》うことを聞《き》くんだ！」

「わかりましたよ、じゃあぼくは帰《かえ》ります！」

ティボルトは不満《ふまん》そうにキャピュレットにくるりと背《せ》を向《む》け、大《おお》またでずんずん歩《ある》いていった。

（ふん、ロミオのやつめ、ずうずうしいにもほどがある。いつかひどい目《め》にあわせてやるからな。）

運命《うんめい》をくるわせる恋《こい》

正体《しょうたい》がばれているとは知《し》らないまま、ロミオは夢《ゆめ》うつつで大広間《おおひろま》を横切《よこぎ》っていった。そして、一人《ひとり》でバルコニーに立《た》っている美《うつく》しいむすめの前《まえ》に進《すす》み出《で》ると、手《て》を取《と》ってこう言《い》ったのである。

「もし、ぼくのいやしい手《て》があなたをけがしてしまったのなら、許《ゆる》してください。」

（えっ……!?）

むすめは、不意《ふい》に目《め》の前《まえ》に現《あらわ》れた青年《せいねん》におどろいていた。しかし、仮面《かめん》の下《した》からのぞく熱《ねっ》っぽいひとみにすいこまれるような想《おも》いだった。むすめは、清《きよ》らかにほほえんだ。

「けがすだなんて……。こうして手《て》をあわせることは、神《かみ》さまへのおいのりのようなものでしょう？」

ロミオは、彼女《かのじょ》が手《て》をにぎり返《かえ》してくれたので天《てん》にものぼる気持《きも》ちになった。

「今度《こんど》は、そのおいのりをくちびるで行《おこな》ってもかまわないかな？」

ロミオはこう言《い》って、すばやくキスをした。

（まあ！）

ジュリエットはロミオをまじまじと見《み》た。

まっすぐで、知性《ちせい》と勇気《ゆうき》にあふれた彼《かれ》のまなざしは、何《なん》と豊《ゆた》かな愛《あい》に満《み》ちていることか。そして、このときジュリエットも確信《かくしん》していた。

（わたし、この人《ひと》が好《す》きだわ！）

むすめはいたずらっぽく言《い》った。

「あなたってひどい人《ひと》ね。わたしのくちびるは罪《つみ》を負《お》ってしまったわ。」

「よし。では、その罪《つみ》をぼくが引《ひ》き受《う》けることにしよう。」

ロミオはもう一度《いちど》むすめにキスをして、二人《ふたり》は笑《わら》いあった。

そのとき。

「おじょうさま。お母《かあ》さまがお呼《よ》びですよ。」

後《うし》ろからの声《こえ》にむすめがふり向《む》くと、そこにはジュリエットの乳母《うば》が立《た》っていた。

「あら、ばあや。すぐ行《い》くわ。では……。」

むすめはなごりおしそうにロミオを見《み》つめると、大広間《おおひろま》のほうへもどっていった。

ロミオは、ばあやと呼《よ》ばれた女《おんな》にたずねた。

「お母《かあ》さまというのはだれのことなんだい？」

乳母《うば》は、ロミオをちらりと見《み》やった。

「ここのおくさまのことですよ、決《き》まってるじゃありませんか。」

乳母《うば》が行《い》ってしまうのと入《い》れかわりに、ベンヴォーリオがやってきた。

「どうしたんだ、ロミオ。変《へん》な顔《かお》をして。」

「とんでもないことになった！　あの子《こ》はキャピュレットのむすめ、ジュリエットだったのか！」

ロミオは頭《あたま》をかかえこんだ。

にぎりしめた手《て》のぬくもり、軽《かる》くふれたくちびるのあまいかおり。仮面《かめん》ではかくすことのできない清《きよ》らかな美《うつく》しさ。今《いま》、あのうでのなかにあったものが消《き》えていくようなせつなさにロミオはめまいを覚《おぼ》えていた。


（あの方《かた》は、もう帰《かえ》ってしまったかしら。）

人々《ひとびと》が帰《かえ》り支度《じたく》を始《はじ》めるころ、もどってきたジュリエットはあわてて大広間《おおひろま》を見《み》わたした。

（あ、あそこに！）

ジュリエットは乳母《うば》にささやいた。

「ばあや、あの方《かた》は何《なん》ていうお名前《なまえ》なの？」

乳母《うば》は答《こた》えた。

「さあ、知《し》りませんね。」

「じゃあ、聞《き》いてきてちょうだいよ。ああ、もし結婚《けっこん》されている方《かた》だったらどうしよう!!」

乳母《うば》はしかたなく、青年《せいねん》に名前《なまえ》を聞《き》きに行《い》き、すぐにもどってくるとこわい顔《かお》でこう言《い》った。

「あの方《かた》はロミオという名前《なまえ》ですよ。モンタギュー家《け》の一人息子《ひとりむすこ》です。」

「何《なん》ですって!?」

（知《し》らなかった……知《し》らなかった！）

ジュリエットは、体《からだ》のおくが引《ひ》きさかれるよう

な痛《いた》みを感《かん》じた。生《う》まれて初《はじ》めて知《し》ったときめき、胸《むね》の痛《いた》み……。ジュリエットは、大広間《おおひろま》を出《で》ていこうとするロミオの背中《せなか》をじっと見《み》つめていた。

(この世《よ》でたった一人《ひとり》の恋人《こいびと》が、お父《とう》さまの敵《てき》、モンタギュー家《け》の息子《むすこ》だなんて。)

「にくらしい敵《てき》を愛《あい》するとは、何《なん》ておそろしい恋《こい》をしたのかしら……。」

乳母《うば》はハッとしてジュリエットの顔《かお》をのぞきこんだ。

「おじょうさま、今《いま》、何《なん》とおっしゃいました?」

「何《なん》でもないわ。いっしょにおどった方《かた》が教《おし》えてくれた歌《うた》の文句《もんく》よ。」

ジュリエットはあわててごまかした。

にぎやかだった大広間《おおひろま》にはもうだれもいなくなっていた。静《しず》けさのなか、ジュリエットはしばらくたたずんでいた。

(でも、もうおそいわ。彼《かれ》を愛《あい》する前《まえ》のわたしにもどることはできない!)

第《だい》3章《しょう》 愛《あい》のちかい

ロミオ！
おーい、ロミオ！
あいつ、どこに行《い》ったんだ？
先《さき》に帰《かえ》ったんじゃないか？
いや、こっちに走《はし》っていったのが見《み》えたんだ。

しょうがないな。
きっと一人《ひとり》で恋《こい》に
ひたりたくて
かくれてるんだろうよ。
帰《かえ》ろうぜ。
寒《さむ》くてたまらん。

こんな……。
裏庭《うらにわ》にひそんでいてもどうしようもないが…。
せめて、あなたのそばにいたくて…。
！
ジュリエット…！

まるで…。
月《つき》さえもかげるほどの美《うつく》しさだ。
そういえば
これは西向《にしむ》きの窓《まど》。

ジュリエットは太陽《たいよう》なのだ……。
ぐっ…
ぼくの心《こころ》が
あなたに伝《つた》わったら…。
あなたにふれることができたら…。
――
!
声《こえ》が…。ひとりごと?
おおロミオ…。

あなたはなぜロミオなの？
……あなたのお父《とう》さまはあなたとは関係《かんけい》ないと、
モンタギュー家《け》とは関係《かんけい》ないただのロミオだと言《い》って！
そうでなければ…。

ただ、わたしだけを愛《あい》していると言《い》って。
そうしたら、わたしはキャピュレットの名《な》をすてたっていいわ！
ぐっ
……。
きみの言《い》う通《とお》りにするよ！
が
サッ
ぼくは喜《よろこ》んで自分《じぶん》の名前《なまえ》をすてよう！
あなたがぼくを恋人《こいびと》と呼《よ》んでくれさえすれば！

かあああ
……あ、
あなたはだれ!?
ぬすみ聞《ぎ》きするなんて!
ぼくの名前《なまえ》…。
あなたがきらいな名前《なまえ》を名乗《なの》るのはいやだな。
ぼくも、自分《じぶん》の名前《なまえ》がすっかりいやになってしまった。
あっ。
ロミオ?
あなたはロミオなのね!?
家《いえ》の者《もの》に見《み》つかったら殺《ころ》されてしまうわ。
どうやってここに入《はい》ってきたの?
恋《こい》が、

恋《こい》がぼくをここに連《つ》れてきてくれたんだ。
さっきのひとりごとは、
わたしの本心《ほんしん》よ。

わたしを愛《あい》しているって本当《ほんとう》…?
あの月《つき》にちかって。
だめよ。丸《まる》くなったり欠《か》けたり、しょっちゅう形《かたち》を変《か》える月《つき》なんて信用《しんよう》ならないもの。
わたしにとって神《かみ》さまみたいな、
あなたにかけてちかって。
それでは、ぼくの真心《まごころ》にちかって…。
やっぱりやめて。
…。
早《はや》すぎるわ。この恋《こい》はゆっくり育《そだ》てたいの。今夜《こんや》はお別《わか》れしましょう。
でも、このまま帰《かえ》るなんてできないよ。
せめて、もう一度《いちど》きみの気持《きも》ちを聞《き》かせて。

…。
あなたへの愛《あい》は、
深海《しんかい》のようにどこまでも
深《ふか》まるばかりです。
ジュリエットさま。
乳母《うば》が呼《よ》んでるわ。
もう行《い》かなくちゃ。
！
あなたが本当《ほんとう》にわたしを愛《あい》していて、わたしと結婚《けっこん》してくださるのなら
結婚《けっこん》の日取《ひど》りを決《き》めてください。
そうしたら、わたしはどこにだってあなたについていくわ！
わかった。
では、明日《あした》九時《くじ》に、家《いえ》に使《つか》いの者《もの》を寄《よ》こしておくれ。
九時《くじ》に。ええ、必《かなら》ず！

＊修道士《しゅうどうし》……キリスト教《きょう》の修道院《しゅうどういん》で生活《せいかつ》をして、神《かみ》に仕《つか》える人《ひと》。

あれはもうすんだことです。

…。

しかしジュリエットとは…。

けっしていい加減《かげん》な気持《きも》ちではありません。

ぼくはジュリエットを心《こころ》から愛《あい》し、
ジュリエットもぼくを愛《あい》しています。二人《ふたり》の心《こころ》はしっかりと結《むす》ばれているんです。

ふむ…。

たよれるのはロレンスさまだけなんです。

ぼくたちの結婚式《けっこんしき》をあげてください。

若《わか》い二人《ふたり》が結《むす》ばれれば、これをきっかけにモンタギューとキャピュレットが仲直《なかなお》りできるかもしれん。

わかった。結婚式《けっこんしき》をしよう。

ありがとうございます！

キャピュレット家《け》

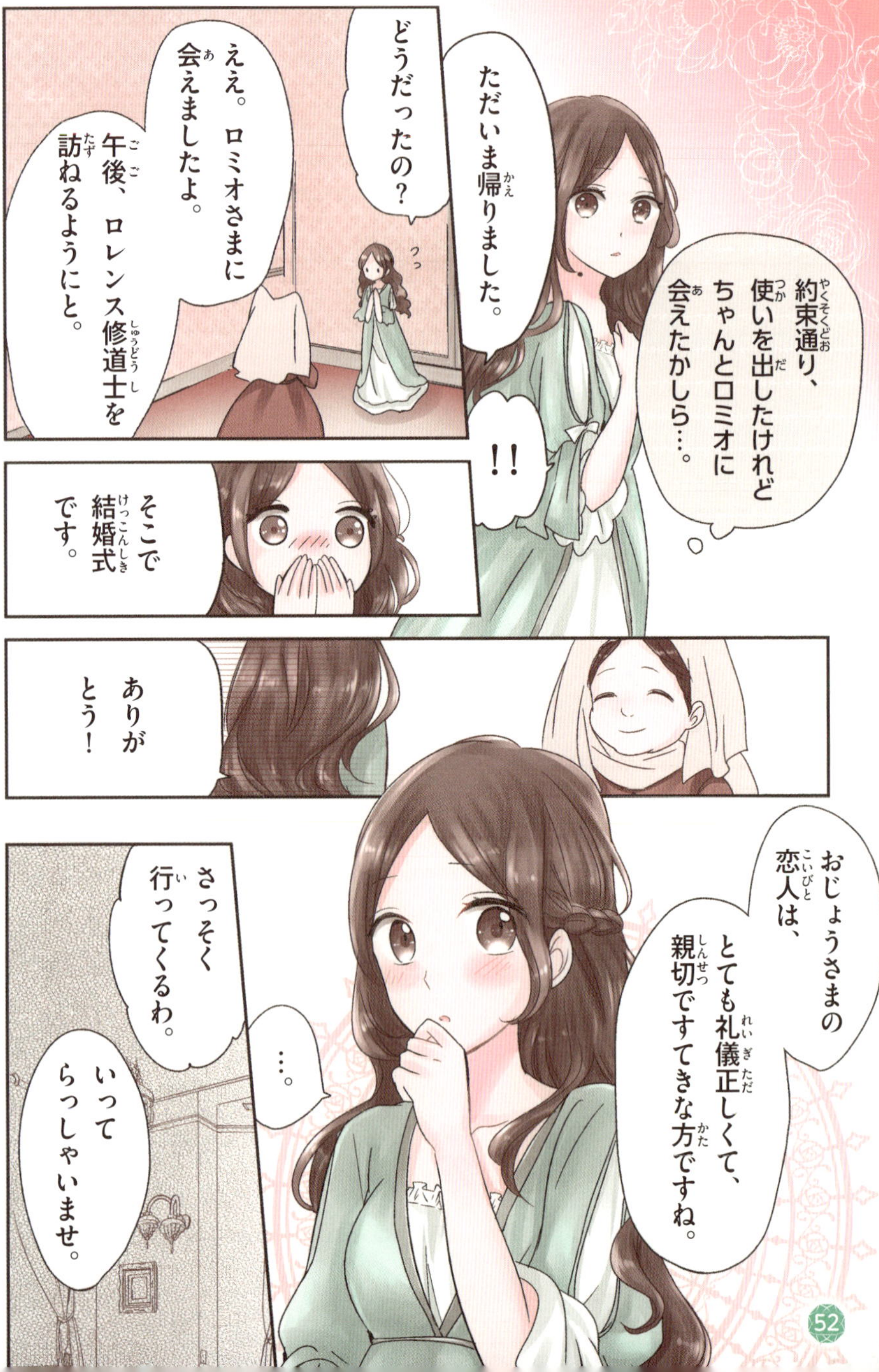

約束通《やくそくどお》り、使《つか》いを出《だ》したけれどちゃんとロミオに会《あ》えたかしら…。
ただいま帰《かえ》りました。
どうだったの？
つっ
ええ。ロミオさまに会《あ》えましたよ。
午後《ごご》、ロレンス修道士《しゅうどうし》を訪《たず》ねるようにと。
!!
そこで結婚式《けっこんしき》です。
ありがとう！
おじょうさまの恋人《こいびと》は、とても礼儀正《れいぎただ》しくて、親切《しんせつ》ですてきな方《かた》ですね。
…。
さっそく行《い》ってくるわ。
いってらっしゃいませ。

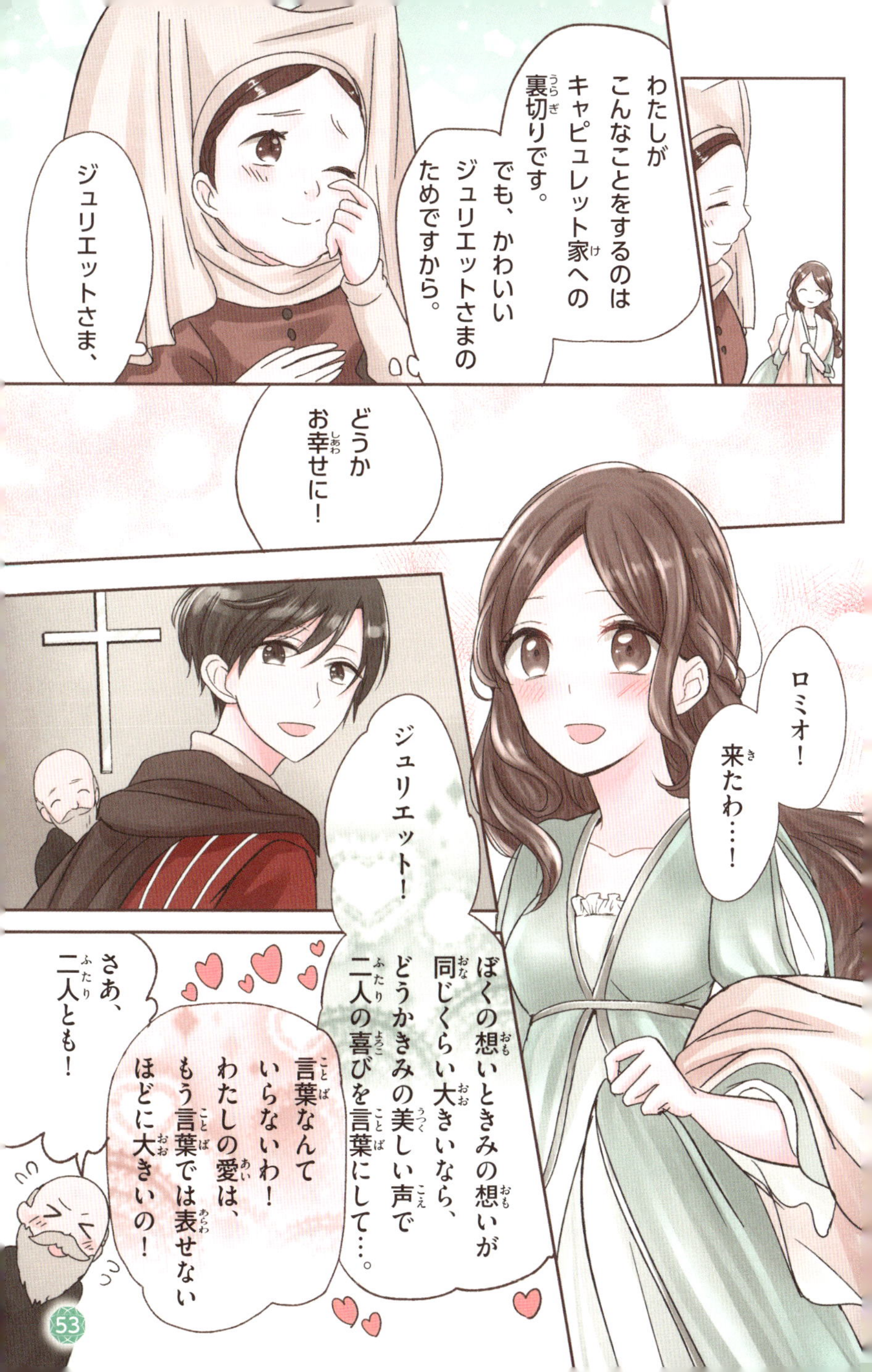
わたしがこんなことをするのはキャピュレット家《け》への裏切《うらぎ》りです。

でも、かわいいジュリエットさまのためですから。

ジュリエットさま、
どうかお幸《しあわ》せに!

ロミオ!来《き》たわ…!

ジュリエット!

ぼくの想《おも》いときみの想《おも》いが同《おな》じくらい大《おお》きいなら、どうかきみの美《うつく》しい声《こえ》で二人《ふたり》の喜《よろこ》びを言葉《ことば》にして…。

言葉《ことば》なんていらないわ!わたしの愛《あい》は、もう言葉《ことば》では表《あらわ》せないほどに大《おお》きいの!

さあ、二人《ふたり》とも!

結婚式《けっこんしき》を始《はじ》めましょう。
聖《せい》なる教会《きょうかい》の手《て》で、お二人《ふたり》が結《むす》ばれるまでは、二人《ふたり》きりにするわけにはいきませんのでね。
こうしてロレンスの立《た》ち会《あ》いのもと、
ロミオとジュリエットは秘密《ひみつ》の結婚式《けっこんしき》をあげたのである。

第《だい》4章《しょう》 引《ひ》きさかれる二人《ふたり》

皮肉《ひにく》な運命《うんめい》

結婚式《けっこんしき》を終《お》えたロミオは晴《は》れ晴《ば》れとした気持《きも》ちで歩《ある》いていた。

（ぼくは結婚《けっこん》したんだ。あの愛《いと》しいジュリエットと！）

たった今別《いまわか》れたジュリエットにもう会《あ》いたくてたまらないが、人目《ひとめ》をしのぶ間《あいだ》がらなので夜《よる》まで待《ま》たなくてはならないのがじれったい。

（やがてみんなに認《みと》めてもらえるようになる。それまでのしんぼうだ。）

そのとき、ロミオは通《とお》りの向《む》こうでもつれあう一群《いちぐん》を見《み》た。

（まさか……!?）

ロミオの心配《しんぱい》は的中《てきちゅう》した。またもや、モンタギュー家《け》とキャピュレット家《け》のけん

かが始《はじ》まっていたのである。ロミオの親友《しんゆう》ベンヴォーリオもマキューシオもいた。そして、あのティボルトも。

「おい、けんかはやめるんだ！」

こうロミオがさけぶと、ティボルトはいやらしい笑《え》みをうかべた。

「おや、ロミオか。ちょうどいいところに来《き》た。昨日《きのう》はよくもキャピュレット家《け》の舞踏会《ぶとうかい》をぶじょく*しに来《き》てくれたもんだな。さあ、おまえも剣《けん》をぬけ！」

「ティボルトくん、きみは誤解《ごかい》しているよ。ぼくはきみとも、キャピュレット家《け》とも仲《なか》よくしたいんだ。」

これを聞《き》くと、マキューシオはロミオをおしのけて前《まえ》に出《で》た。

「ロミオ、こんな失礼《しつれい》なやつに下手《したて》に出《で》る必要《ひつよう》はないぜ。ティボルト、来《こ》い！　おれが相手《あいて》になってやる！」

「やめてくれ！」

＊ぶじょく……人《ひと》をばかにしてはずかしい思《おも》いをさせること。

ロミオの悲痛《ひつう》な声《こえ》は届《とど》かなかった。激《はげ》しく剣《けん》をまじえてぶつけあう音《おと》がひびきわたった。

ティボルトとマキューシオはいかりをおさえ切《き》れず、にらみあいながら何度《なんど》も相《あい》手《て》を殺《ころ》そうと剣《けん》をふりかざした。ロミオは二人《ふたり》の間《あいだ》に入《はい》って、戦《たたか》いをやめさせようとした。すると、ティボルトはロミオに向《む》かって剣《けん》をつき立《た》てた。戦《たたか》いをさけたかったロミオは剣《けん》をぬいていなかったので、何《なん》とか身《み》をかわしたとき、うめき声《ごえ》とともに地面《じめん》に血《ち》がしたたった。ロミオのちょうど後《うし》ろにいたマキューシオにその剣《けん》がささってしまったのだ。

「マキューシオ！」

ロミオはたおれた友《とも》にかけ寄《よ》った。

「ティボルトめ、よくも！」

ロミオもついに頭《あたま》に血《ち》がのぼった。剣《けん》をぬき、無我夢中《むがむちゅう》でティボルトに向《む》かっていく。ティボルトも赤《あか》い血《ち》にぬれた剣《けん》をロミオにつきつけ、それに応《おう》じる。

「**大変《たいへん》だ……。**」

数分後《すうふんご》、ベンヴォーリオはぼうぜんとした。

今《いま》や、取《と》り返《かえ》しのつかないことになっていた。目《め》の前《まえ》にはマキューシオとティボルトが血《ち》を流《なが》してたおれている。二人《ふたり》とも、すでに息《いき》絶《た》えていた。

まわりには、さわぎを聞《き》きつけた街《まち》の人々《ひとびと》が集《あつ》まってきている。

「ロミオ、行《い》け！　先《さき》に手《て》を出《だ》したのはティボルトだが……おまえはここにいないほうがいい。うまく話《はな》しておくから、とにかくにげるんだ、ぼやぼやするな！」

ベンヴォーリオにどなられて、ロミオは走《はし》り出《だ》した。

（マキューシオをやられて腹《はら》が立《た》ったとはいえ、ぼくは何《なん》ということを！　愛《あい》するジュリエットのいとこを、この手《て》で殺《ころ》してしまうとは……！）

悲《かな》しみのジュリエット

間《ま》もなくエスカラス公爵《こうしゃく》がやってきた。さらに、知《し》らせを聞《き》いたモンタギューとモンタギュー夫人《ふじん》、キャピュレットとキャピュレット夫人《ふじん》もかけつけた。ベンヴォーリオはことのなりゆきを説明《せつめい》した。

エスカラス公爵《こうしゃく》は深《ふか》いため息《いき》をついて言《い》った。

「なるほど。つまりマキューシオをティボルトが殺《ころ》し、それに逆上《ぎゃくじょう》したロミオがティボルトを殺《ころ》したというんだな。」

「ロミオはどこに行《い》ったんですの⁉ かわいいティボルトを殺《ころ》したロミオを生《い》かしておくなんて許《ゆる》せません！」

キャピュレット夫人《ふじん》はなみだをぬぐいながらエスカラス公爵《こうしゃく》につめ寄《よ》った。モンタギューも急《いそ》いで口《くち》をはさむ。

「お言葉《ことば》ですが、ティボルトが先《さき》にマキューシオを殺《ころ》したんですよ。たしかにロミオはやりすぎました。でも、ティボルトだって、いずれ罪《つみ》をつぐなわなければならなかったはずだ。」

エスカラス公爵《こうしゃく》はしばらく考《かんが》えこんでいたが、やがて重々《おもおも》しく口《くち》を開《ひら》いた。

「ロミオはこの土地《とち》から追放《ついほう》することにする。これでこの一件《いっけん》は終《お》わりだ。これ以《い》上《じょう》、ふくしゅうを重《かさ》ねて新《あら》たな血《ち》を流《なが》すことはわしが許《ゆる》さぬ。よいな！」

二人《ふたり》の若者《わかもの》が命《いのち》を落《お》とした事件《じけん》のいきさつと、「ロミオ追放《ついほう》」の知《し》らせはあっという間《ま》に街《まち》じゅうに広《ひろ》まった。ジュリエットにこれを伝《つた》えたのは、乳母《うば》である。乳母《うば》は興奮《こうふん》しきっていたので、ことの次《し》第《だい》をうまく説明《せつめい》するのにずいぶん時間《じかん》がかかった。

「ええ、ティボルトさまは亡《な》くなって、ロミオさまは生《い》きておられます。ただし、ティボルトさまをさし殺《ころ》した罪《つみ》で、ロミオさまは追放《ついほう》になったのでございます。」

「ロミオがティボルトをさしたですって!?」

「その通《とお》りです。あの方《かた》は人殺《ひとごろ》しですよ！」

ジュリエットは苦《くる》しげにうめいた。乱暴者《らんぼうもの》のティボルトもジュリエットにとっては仲《なか》のよいいとこである。しかし、それでも危《あぶ》ない目《め》にあいながらロミオが生《い》きていてくれたことを神《かみ》に感謝《かんしゃ》した。

「ばあや、お願《ねが》いだからロミオを悪《わる》く言《い》わないで。ロミオがティボルトを殺《ころ》すなんて……。そうでもしなければきっと自分《じぶん》の命《いのち》が危《あぶ》なかったんだわ。わたしはロミオの妻《つま》です。ティボルトが死《し》んでしまったことはもちろん悲《かな》しいわ。だけど、わたしはそれ以上《いじょう》に夫《おっと》を信《しん》じ、愛《あい》しているのよ。」

乳母《うば》はロミオに対するいかりをおさえながら、ジュリエットの顔《かお》をながめた。

「ご主人《しゅじん》さまとおくさまはティボルトさまのおそばにいらっしゃいます。ご案内《あんない》しましょうか？」

「いいえ、けっこう。お父《とう》さまとお母《かあ》さまはティボルトのためにたくさんなみだを流《なが》しているのでしょう？　わたしのなみだは、追放《ついほう》されるロミオのためにとっておきます。」

　ジュリエットはきっぱりと言《い》った。そのまなざしには、たった十四歳《じゅうよんさい》の少《しょう》女《じょ》とは思《おも》えないほどの覚悟《かくご》があった。

（そうだ。おじょうさまのお力《ちから》になれるのはわたししかいないのだ。）

「ロミオさまの居場所《いばしょ》は、ばあやが探《さが》してまいります。きっとロレンスさまのところにいるのでしょうよ。おじょうさまのお気持《きも》ちは、必《かなら》ず伝《つた》えます。」

乳母《うば》の言葉《ことば》にジュリエットの表情《ひょうじょう》がやわらいだ。

「ばあや、ありがとう。ロミオに会《あ》えたら、これをわたしてちょうだい。」

ジュリエットが乳母《うば》ににぎらせたのは、金《きん》の指輪《ゆびわ》だった。

「おまかせください。追放《ついほう》になるにしても、今夜《こんや》くらいはチャンスがあるでしょう。今夜《こんや》ロミオさまはきっとここに来《き》てくださいますとも。」

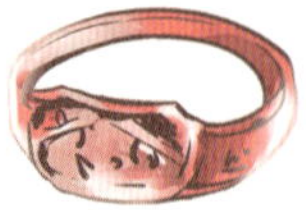

ロミオの苦《くる》しみ

ロレンスが部屋《へや》に入《はい》ってくると、ロミオは不安《ふあん》そうに顔《かお》を上《あ》げた。乳母《うば》が予想《よそう》した通《とお》り、ロミオはロレンスのもとに身《み》をかくしていたのだ。

「ロレンスさま、どうなりましたか？　ぼくは死刑《しけい》ですか？」

ロレンスは首《くび》を横《よこ》にふった。

「いいや、エスカラス公爵《こうしゃく》はずいぶん大目《おおめ》に見《み》てくださった。おまえは街《まち》を追放《ついほう》になるだけですむんだよ。」

ロミオはがっくりと頭《こうべ》をたれた。

「追放《ついほう》だって⁉　いっそ死刑《しけい》にしてくれてもよかったんだ。この街《まち》を出《で》ていくなんて、ぼくにとっては死《し》ぬのと同《おな》じだ。ジュリエットのいる世界《せかい》こそは天国《てんごく》、ジュリエットのいない世界《せかい》は地獄《じごく》でしかありません。」

ロレンスは、あきれたようにロミオをにらんだ。

「ばち当《あ》たりもほどほどにしろ。本来《ほんらい》なら死刑《しけい》になってもおかしくないところを、命《いのち》を助《たす》けてもらったというのに感謝《かんしゃ》の言葉《ことば》もないのか！」

「あなたにぼくの気持《きも》ちがわかってたまるものか。美《うつく》しい恋人《こいびと》と結婚《けっこん》したばかりで地獄《じごく》の底《そこ》につき落《お》とされたぼくの気持《きも》ちが……。」

ロミオは泣《な》きながら頭《あたま》をかきむしり、ゆかをこぶしでたたいてひどく絶望《ぜつぼう》している。

（やれやれ、手《て》のつけようがないな……。）

そのとき、ノックの音《おと》がした。

入《はい》ってきたのがジュリエットの乳母《うば》だとわかると、ロミオは急《いそ》いで立《た》ち上《あ》がった。

「ジュリエットはどうしている？　ティボルトを殺《ころ》したぼくのことをにくんでいるだろうか？　二人《ふたり》の幸《しあわ》せをぶちこわしにしたことをうらんでいるだろうね？」

「おじょうさまは大変苦《たいへんくる》しんでいらっしゃいます。ティボルトさまともそれは仲《なか》よしでございましたから。」

乳母《うば》が言《い》うと、ロミオは真《ま》っ青《さお》な顔《かお》でロレンスのほうに向《む》き直《なお》った。

「ああ、ぼくなんていっそ死《し》んでしまったほうがいいんだ！」

自《みずか》ら命《いのち》を絶《た》とうと剣《けん》をぬきかけたロミオを、ロレンスはどなりつけた。

「ロミオ、いいかげんにしろ！　おまえが自分《じぶん》の命《いのち》を、自分《じぶん》の持《も》ちもののように思《おも》っているならそれは大《おお》まちがいだ。死刑《しけい》をのがれたこと、愛《あい》するジュリエットがこの世《よ》に生《い》きている幸福《こうふく》を素直《すなお》に感謝《かんしゃ》しなさい。おまえが今《いま》すべきことは、悲《かな》しみにくれているジュリエットをなぐさめてやることだろう？」

ロミオはロレンスの言葉《ことば》にしばらく放心《ほうしん》していたが、ふとジュリエットの顔《かお》がうかび、われに返《かえ》った。そして、すっと立《た》ち上《あ》がると、しゃんと背《せ》すじをのばして言《い》った。

「おっしゃる通《とお》りです。ぼくはばかで、おくびょう者《もの》だった……。」

「わかればよろしい。いいか、今夜《こんや》ジュリエットを訪《たず》ねてお別《わか》れをしてくるんだ。もどってきたら、すぐにマンチュアに出発《しゅっぱつ》するんだ。何《なに》、しばらくのしんぼうだ。時間《じかん》がたてば人《ひと》の気持《きも》ちもやわらぐ。ほとぼりが冷《さ》めたころにわしがエスカラス公《こう》爵《しゃく》の許《ゆる》しを得《え》て、二人《ふたり》の仲《なか》を公表《こうひょう》し、キャピュレット家《け》とモンタギュー家《け》が和解《わかい》できるようにしてやる。」

乳母《うば》はホッとしたように指輪《ゆびわ》を取《と》り出《だ》した。

「さあ、ロミオさま。これを受《う》け取《と》ってください。おじょうさまからあなたにと、あずかってまいりました。おじょうさまはあなたが来《き》てくださるのを心《こころ》から待《ま》っていらっしゃるんですよ。」

ロレンスは大《おお》きくうなずくと、乳母《うば》に言《い》った。

「ばあや、今夜《こんや》キャピュレット家《け》の人《ひと》たちが早《はや》くねてしまうようにうまくやってくださいよ。ロミオがだれかに見《み》つかっては困《こま》りますからな。」

「おまかせくださいませ。」

乳母《うば》はうやうやしくおじぎをすると、一足先《ひとあしさき》にキャピュレットの屋敷《やしき》へと帰《かえ》っていった。

第《だい》5章《しょう》 幸《しあわ》せな未来《みらい》を

その晩《ばん》、二人《ふたり》はつかの間《ま》の逢瀬《おうせ》の時間《じかん》を過《す》ごした。
やがて、朝《あさ》――。
もう行《い》ってしまうの？
ああ。ぼくの愛《いと》しいジュリエット…。
少《すこ》しの間《あいだ》お別《わか》れだ。

毎日《まいにち》手紙《てがみ》を書《か》いてね、お願《ねが》いよ。
約束《やくそく》するよ。

不安《ふあん》だわ…。
もう二度《にど》と会《あ》えないような気《き》がして…。
コンコン
ジュリエット、もう起《お》きたの？
ええ…。
シャッ
何《なん》だか気分《きぶん》がすぐれなくて。
ティボルトが亡《な》くなったからといって、いつまでも泣《な》いていてはだめよ。
いいお話《はなし》があるの。
パリスさまとの結婚式《けっこんしき》が、次《つぎ》の木曜日《もくようび》に決《き》まったのよ。
!!

*見目《みめ》……顔立《かおだ》ちや外見《がいけん》のこと。

おまえはうちのむすめじゃない。勝手《かって》にどこにでも行《い》くがいい！
お母《かあ》さま。
ばあや。
どうしたらいいの？
助《たす》けて！
おじょうさま、
ロミオさまはこのヴェローナから追放《ついほう》されてしまったんです。
そばにいられないんです。
おじょうさまはパリスさまと結婚《けっこん》なさるのがいちばんです。

＊ざんげ……罪《つみ》や悪《わる》いことを神《かみ》の前《まえ》で反省《はんせい》すること。

ジュリエットと結婚式《けっこんしき》を!?
パリス、そんな…。
ジュリエットはいとこが亡《な》くなって悲《かな》しんでいるようで、
元気《げんき》づけようと式《しき》を急《いそ》ぐことにしたのです。
うーん。
困《こま》ったことになった……。
失礼《しつれい》します。
おお、ジュリエット。わが妻《つま》よ!

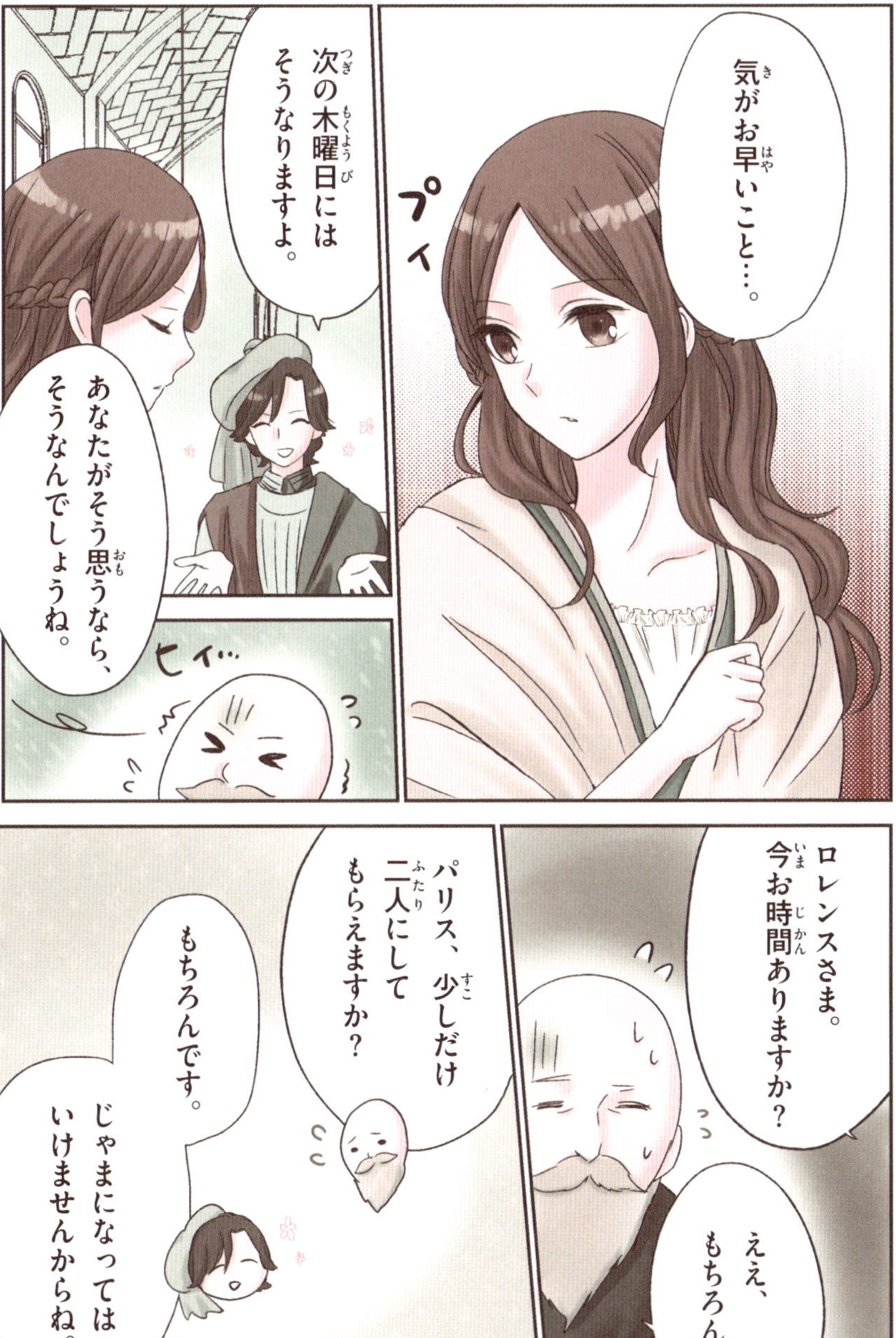

気《き》がお早《はや》いこと…。
プイ
次《つぎ》の木曜日《もくようび》にはそうなりますよ。
あなたがそう思《おも》うなら、そうなんでしょうね。
ヒイ…
ロレンスさま。今《いま》お時間《じかん》ありますか？
ええ、もちろん。
パリス、少《すこ》しだけ二人《ふたり》にしてもらえますか？
もちろんです。
じゃまになってはいけませんからね。

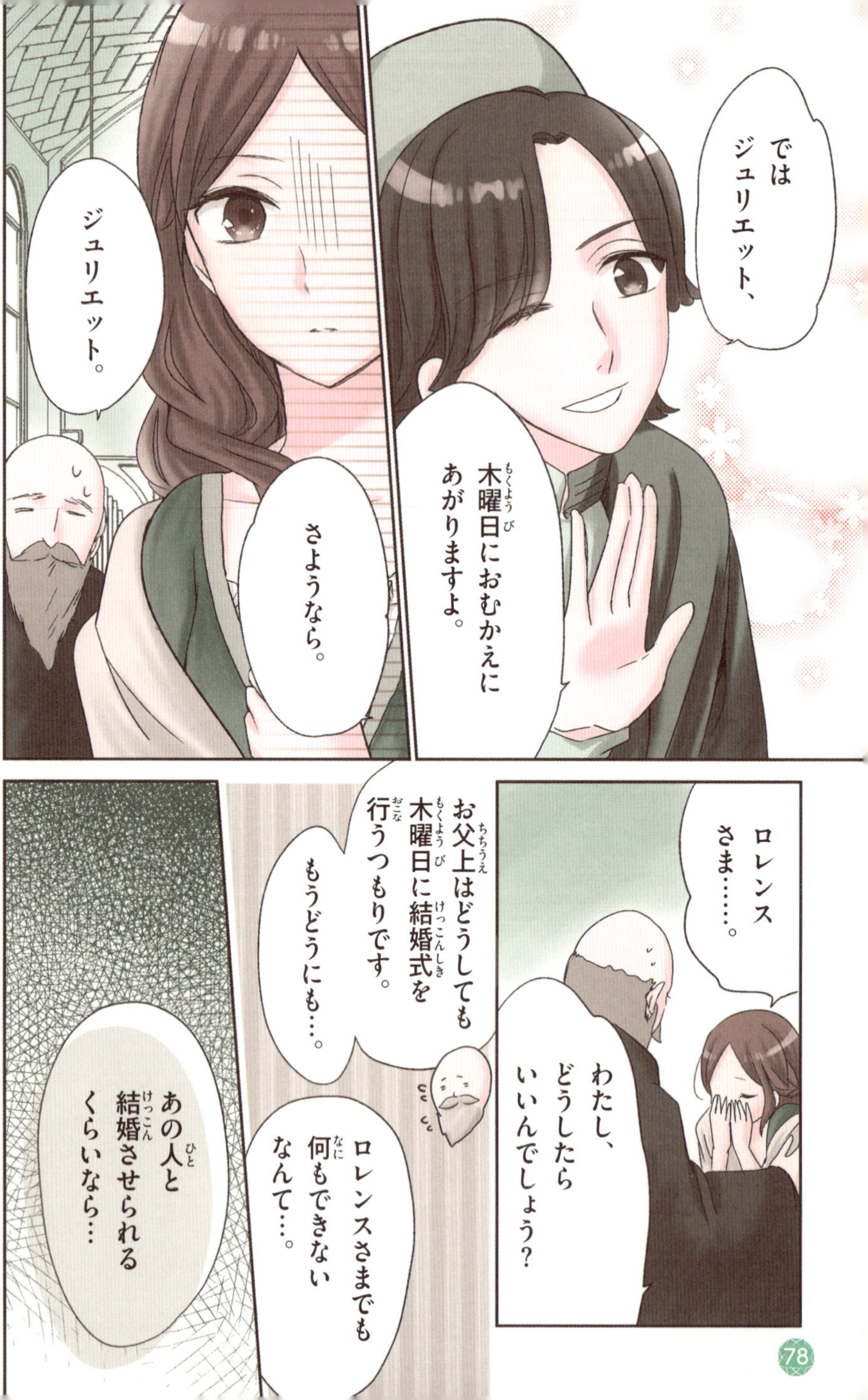
ではジュリエット、
木曜日《もくようび》におむかえにあがりますよ。
ジュリエット。
さようなら。
ロレンスさま……。
わたし、どうしたらいいんでしょう?
お父上《ちちうえ》はどうしても木曜日《もくようび》に結婚式《けっこんしき》を行《おこな》うつもりです。
もうどうにも…。
ロレンスさまでも何《なに》もできないなんて…。
あの人《ひと》と結婚《けっこん》させられるくらいなら…

わたしは死《し》を選《えら》びます。
わたしはロミオの妻《つま》なのですから！
落《お》ち着《つ》きなさい！
ハァ…
そこまで覚悟《かくご》しているというのなら……、
よろしい。おくの手《て》を使《つか》いましょう。

いいですか。
これからお話《はなし》する通《とお》りにするんですよ。
次《つぎ》の日《ひ》。
結婚式前夜《けっこんしきぜんや》。
うん。

試着《しちゃく》はこれでいいわ。
手伝《てつだ》ってくれてありがとう。
ジュリエットさま、おきれいで。
何《なに》か手伝《てつだ》うことはない？
準備《じゅんび》はもうすんだわ。
これから一人《ひとり》にしてくれる？
結婚式前夜《けっこんしきぜんや》のおいのりをしないと。
そう…。

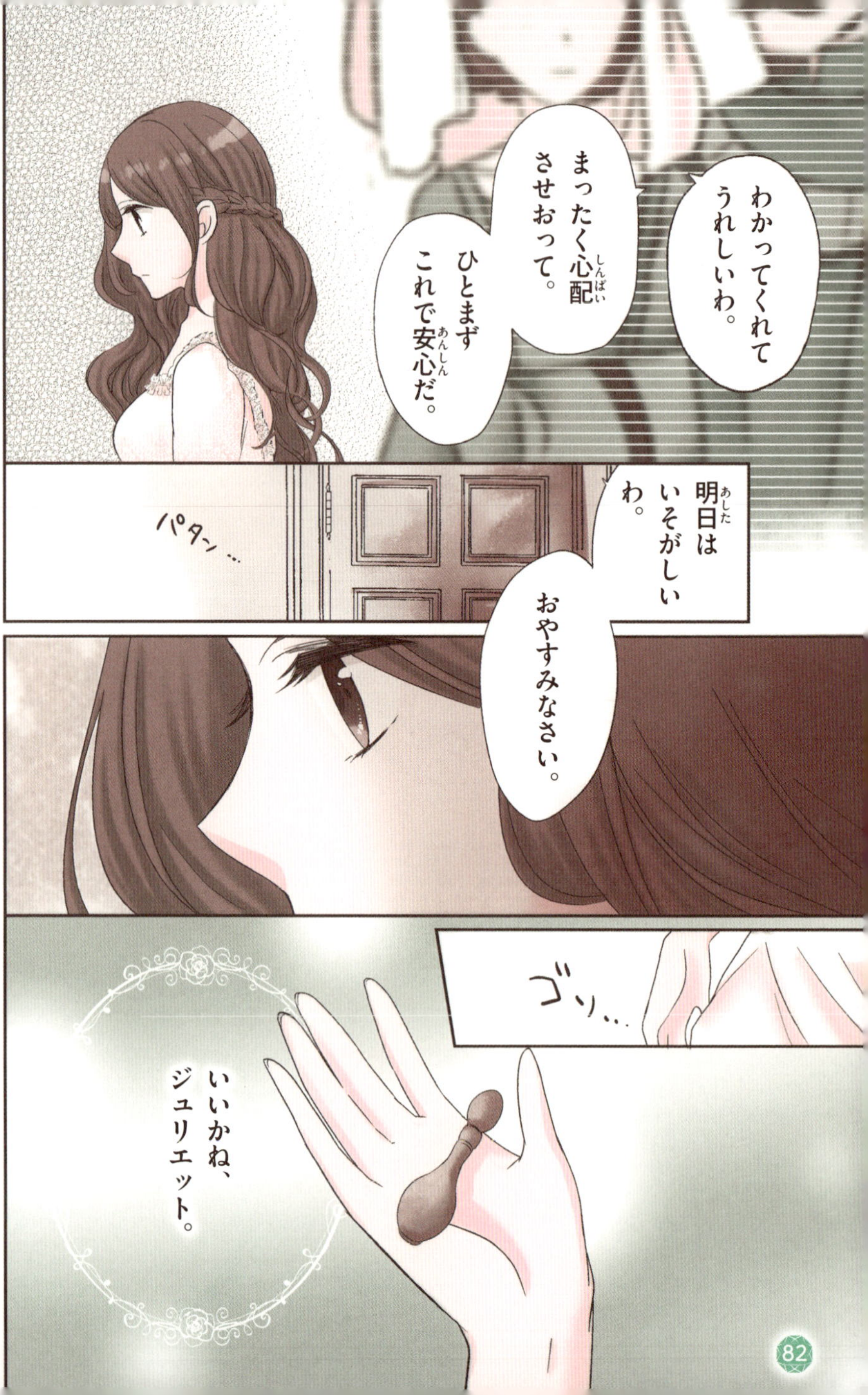
わかってくれてうれしいわ。
まったく心配《しんぱい》させおって。
ひとまずこれで安心《あんしん》だ。
明日《あした》はいそがしいわ。
おやすみなさい。
パタン…
ゴリ…
いいかね、ジュリエット。

これは、四十二時間《よんじゅうにじかん》仮死状態《かしじょうたい》になる薬《くすり》です。

飲《の》んでから四十二時間《よんじゅうにじかん》は、呼吸《こきゅう》もとまり、顔《かお》も体《からだ》も冷《つめ》たくなってまるで死《し》んだように見《み》えるのです。

結婚式《けっこんしき》の前夜《ぜんや》、あなたはこれを飲《の》む。

ゾッ…

結婚式《けっこんしき》の朝《あさ》、
パリスさまやご両親《りょうしん》はあなたが死《し》んでいるのを発見《はっけん》します。

実際《じっさい》は死《し》んでいるように見《み》えるだけですが。

なげき悲《かな》しんだ末《すえ》に、あなたを墓地《ぼち》に運《はこ》ぶ。

本当《ほんとう》に目覚《めざ》めるの？お墓《はか》にうめられるなんて。
安心《あんしん》してください。この計画《けいかく》を、ロミオに伝《つた》えておきます。
四十二《よんじゅうに》時間《じかん》がたってあなたが目覚《めざ》めるころに、
わたしがロミオとむかえに行《い》きます。
そして、二人《ふたり》をよその土地《とち》に旅立《たびだ》たせます！
…。
本当《ほんとう》に四十二《よんじゅうに》時間《じかん》で目《め》が覚《さ》めるのかしら。

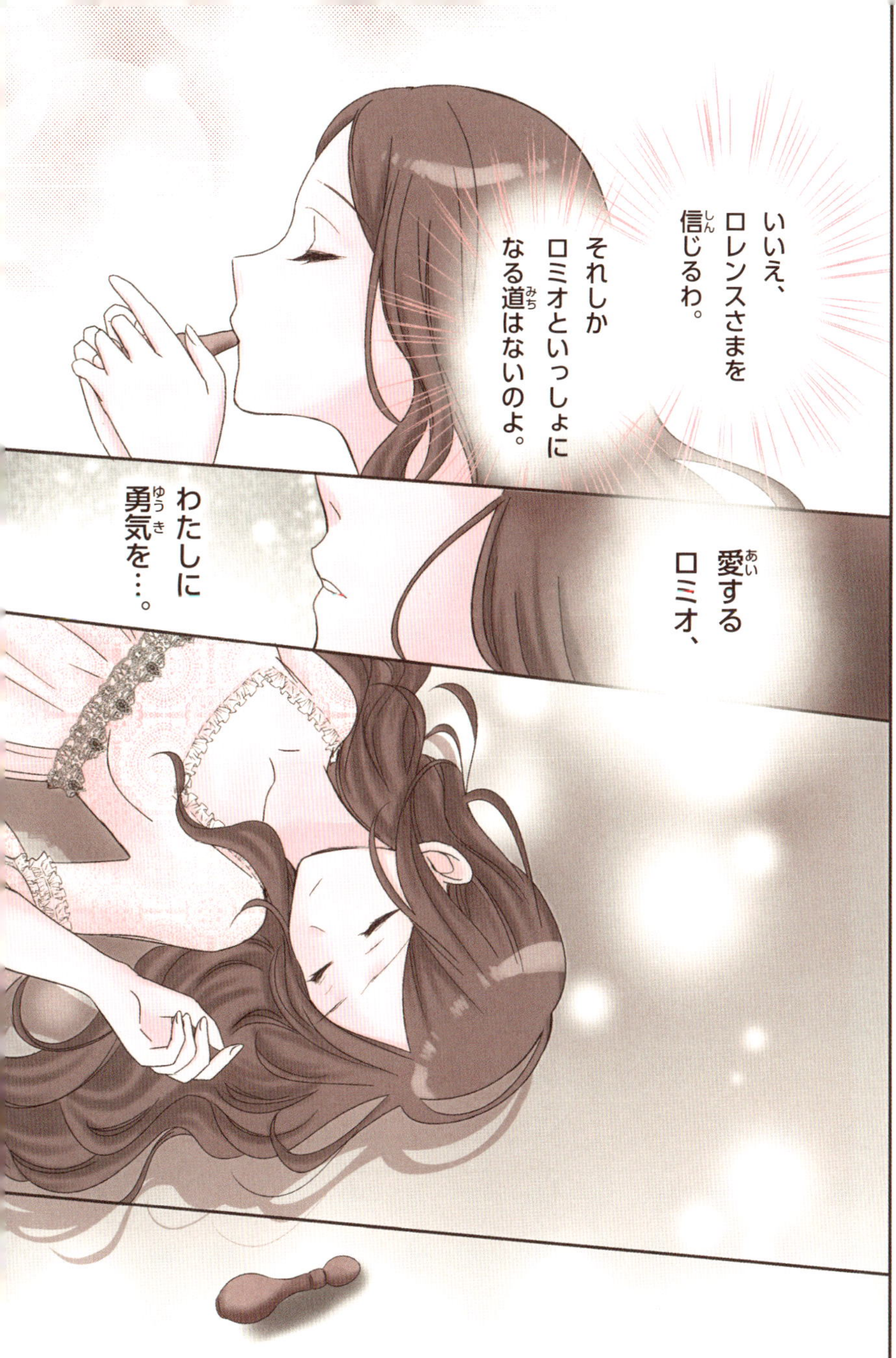
いいえ、ロレンスさまを信《しん》じるわ。
それしかロミオといっしょになる道《みち》はないのよ。
愛《あい》するロミオ、
わたしに勇《ゆう》気《き》を…。

第《だい》6章《しょう》

死《し》んでしまった花《はな》よめ

♥結婚式《けっこんしき》の朝《あさ》♥♥♥

「おい、パイの準備《じゅんび》はできたのか？　今日《きょう》はめでたい日《ひ》だ。とにかくごうかにたのむぞ！」

待《ま》ち望《のぞ》んだ結婚式《けっこんしき》の日《ひ》をむかえ、キャピュレット夫人《ふじん》は上《じょう》きげんだ。台所《だいどころ》でキャピュレット夫人《ふじん》や乳母《うば》、めしつかいたちがいそがしく働《はたら》くのをながめながら、自分《じぶん》も何《なん》やかんやと口《くち》を出《だ》すのが楽《たの》しくてたまらないといったふうだ。

外《そと》からにぎやかな音楽《おんがく》が聞《き》こえてくると、キャピュレットは大急《おおいそ》ぎで窓《まど》にかけ寄《よ》った。

「おお、パリスが楽隊《がくたい》を連《つ》れてやってきたぞ。花《はな》むこさまの到着《とうちゃく》だ。ばあや、早《はや》く

ジュリエットを起《お》こしてきてくれ！」

「はい、かしこまりました。」

乳母《うば》はジュリエットの部屋《へや》に急《いそ》いだ。

ところがノックをしても、大《おお》きな声《こえ》で呼《よ》びかけても返事《へんじ》がない。乳母《うば》はそっとドアを開《あ》けてみた。

（まあ、ずいぶんぐっすりねむっていらっしゃること。）

「おじょうさま、起《お》きてくださいませ。あらまあ、ドレスを着《き》たままでねてしまって……。」

乳母《うば》はジュリエットのかたをゆさぶった。しかし、ジュリエットは目《め》を開《あ》けるどころかぐったりとして、まるで反応《はんのう》がない。乳母《うば》は、その顔《かお》がろうのように白《しろ》いことに気《き》づくと、さけび声《ごえ》を上《あ》げた。

「お、おじょうさまが……！　大《たい》変《へん》です、だれか来《き》てください！」

「どうしてこんなことになってしまったんだ。」

「昨日《きのう》まではまったく変《か》わったところはありませんでしたのに……。」

キャピュレット、キャピュレット夫人《ふじん》、そしてパリスは悲痛《ひつう》な顔《かお》でジュリエットをかこんでいた。医者《いしゃ》を呼《よ》ぶまでもなかった。ジュリエットの心臓《しんぞう》は完全《かんぜん》にとまっており、顔《かお》からは血《ち》の気《け》が失《う》せている。体《からだ》はすでにかたくこわばっていた。

パリスは、ベッドのそばにひざまずいた。

「何《なん》という運命《うんめい》のいたずらでしょう。あなたを妻《つま》にむかえる今日《きょう》という日《ひ》を、心待《こころま》ちにしておりましたのに。」

そこに、ロレンスが入《はい》ってきた。

「みなさま、教会《きょうかい》へ行《い》く支度《したく》はできましたかな？」

キャピュレットは、うらめしそうに言《い》った。

「それが、むすめは死《し》んでしまったんだ。教会《きょうかい》への道《みち》は、晴《は》れやかな門出《かどで》ではなく、二度《にど》と帰《かえ》れぬ悲《かな》しみの旅《たび》になってしまったんだ。」

ロレンスは、三人《さんにん》が悲《かな》しい運命《うんめい》をのろい、なげき悲《かな》しむのをひとしきり聞《き》いた。

それからみなをなぐさめ、落《お》ち着《つ》かせた。

「おじょうさまは、若《わか》く美《うつく》しいままに天国《てんごく》の神《かみ》のもとにめされました。さあ、悲《かな》しまずになみだをふいてください。おじょうさまを教会《きょうかい》へお送《おく》りする準備《じゅんび》をいたしましょう。」

こう言《い》いながら、ロレンスはジュリエットの顔《かお》をちらりと見《み》た。薬《くすり》のききめはばつぐんのようだ。

(よし、計画通《けいかくどお》りだ。うまくいったぞ!)

ロミオの絶望《ぜつぼう》

「ジュリエットが死《し》んだ……!?」

ロミオは耳《みみ》を疑《うたが》った。ロミオはジュリエットと最後《さいご》の別《わか》れをした後《あと》、ロレンスの指示《しじ》にしたがってヴェローナから遠《とお》くはなれたマンチュアという街《まち》にやってきていた。

ロミオのめしつかいであるバルサザーがわざわざ訪《たず》ねてきたのは、この知《し》らせをいち早《はや》く伝《つた》えるためだったのだ。

「本当《ほんとう》に突然《とつぜん》のことでした。わたしはジュリエットさまがお墓《はか》にほうむられるのをこの目《め》で見《み》て、急《いそ》いで馬《うま》を走《はし》らせてきたのです。」

ロミオは天《てん》をあおいだ。

「ぼくはのろわれた運命《うんめい》を背負《せお》っているらしいな……。バルサザー、馬《うま》を貸《か》してくれ。ぼくはすぐに、ヴェローナにもどることにする。」

バルサザーは目《め》を見開《みひら》いた。

「ロミオさま、何《なに》を考《かんが》えておられるのですか？　追放《ついほう》の身《み》だというのに、やけを起《お》こしてはいけません。」

「ぼくのすることに口出《くちだ》しするな。ところで、ロレンスさまからの手紙《てがみ》はあずかっていないだろうな？」

「はい。何《なに》も。」

「そうか。では、行《い》け！」

ロミオは一人《ひとり》になると、がっくりとうなだれた。すべての希望《きぼう》はこなごなに打《う》ちくだかれ、自分《じぶん》が空《から》っぽになったような気分《きぶん》だった。

（ジュリエット。ぼくはすぐ、きみのところに行《い》くよ。きみのそばで、ともに永遠《えいえん》のねむりにつく。それだけが、ぼくの最後《さいご》の望《のぞ》みだ。）

ロミオは街《まち》はずれにあるあやしげな薬屋《くすりや》に立《た》ち寄《よ》ってから、ジュリエットのねむる*納骨堂《のうこつどう》を目指《めざ》して馬《うま》を走《はし》らせた。

一方《いっぽう》そのころ、ロレンスも納骨堂《のうこつどう》に向《む》かって急《いそ》いでいた。ロレンスの考《かんが》えた計画《けいかく》はうまく運《はこ》んでいたのだが、一《ひと》つ計算《けいさん》ちがいが起《お》こったことがわかったためである。

（ええい、この作戦《さくせん》を知《し》らせる手紙《てがみ》がかんじんのロミオに届《とど》いていなかったとは！）

何《なん》でも、ロミオに手紙《てがみ》を届《とど》ける使《つか》いの者《もの》がとちゅうで足止《あしど》めにあってしまい、マ

*納骨堂《のうこつどう》……お葬式《そうしき》の前《まえ》になきがらを安置《あんち》する建物《たてもの》。当時《とうじ》のヨーロッパでは、土《つち》のなかになきがらをほうむっていた。

ンチュアにたどり着《つ》けなかったというのだ。すごすご折《お》り返《かえ》してきた使者《ししゃ》が手紙《てがみ》を持《も》ったままだとわかって、ロレンスはあわてて飛《と》び出《だ》してきたのである。

（もうしばらくすれば薬《くすり》が切《き》れて、ジュリエットは墓《はか》のなかで目《め》を覚《さ》ますはず。とりあえずわたしだけでもジュリエットをむかえに行《い》かなければ……。）

墓場《はかば》の決闘《けっとう》

ところが、ロミオよりも、ロレンスよりも早《はや》く墓《はか》にやってきた男《おとこ》がいた。パリスである。パリスは墓《はか》にねむるジュリエットがさびしくないようにと、花《はな》をささげに来《き》たのだった。

（おや、話《はな》し声《ごえ》がこっちに近寄《ちかよ》ってくるぞ。こんな夜《よ》ふけに、だれだろう？）

パリスはものかげにサッと身《み》をかくした。

そこに現《あらわ》れたのは、ロミオとバルサザーである。ロミオはバルサザーからツルハシとカナヅチを受《う》け取《と》ると、墓《はか》の入《い》り口《ぐち》で立《た》ち止《ど》まった。

「バルサザー、ご苦労《くろう》だったな。おまえはここで帰《かえ》るんだ。この手紙《てがみ》を父上《ちちうえ》にわたしてくれたまえ。ただし、朝《あさ》になってからだ。」

「ですが……。」

ロミオは、バルサザーの言葉《ことば》をさえぎった。

「ぼくはジュリエットと二人《ふたり》きりでお別《わか》れがしたいんだ。わかるだろう？」

「はい。では、ここで失礼《しつれい》いたします。」

パリスはバルサザーが帰《かえ》っていくのを見送《みおく》りながら、ロミオの様子《ようす》をうかがった。

（ツルハシにカナヅチとは、まさかあいつ……。）

ロミオが墓《はか》に近《ちか》づきツルハシをふるい始《はじ》めたのを見《み》ると、パリスは急《いそ》いで飛《と》び出《だ》した。

「やめろ！　おまえがティボルトを殺《ころ》したロミオだな！　ジュリエットは……かわいそうに、ティボルトを亡《な》くした悲《かな》しみのあまり死《し》んでしまったんだ。おまえはこの上《うえ》、まだ何《なに》か悪《わる》さをしようというのか！」

「待《ま》て。たのむから、ぼくにかまうな。ぼくは自分《じぶん》の手《て》で人生《じんせい》を終《お》わらせるつもりでここに来《き》たんだから、じゃまをしないでくれ。」

しかし、ジュリエットとロミオの関係《かんけい》を知《し》らないパリスには、ロミオが言《い》いのがれをしているとしか思《おも》えなかった。

「いいかげんなことを言《い》うな。にがしてなるものか！」

パリスが剣《けん》をぬいて向《む》かってくるので、ロミオも剣《けん》をぬかないわけにはいかなかった。そうしてもみあっているうちに……ロミオがわれに返《かえ》ったときには、パリスは血《ち》まみれになってたおれていたのである。

「わたしはもうだめだ……。せめて、ジュリエットのそばにほうむってくれ……。」

パリスはこれだけ言《い》い残《のこ》すと、こときれた。

ロミオはたいまつを手《て》にとると、今《いま》はもう息《いき》をしていない男《おとこ》の顔《かお》を照《て》らした。暗《くら》がりでよく見《み》えなかったが、このとき初《はじ》めてロミオがこの男《おとこ》がパリスだとわかったのである。

「パリス……。バルサザーの話《はなし》では、おまえは確《たし》かジュリエットと結婚《けっこん》することになっていたんだったな。おまえもかわいそうな男《おとこ》だ。」

ロミオは静《しず》かにつぶやくと、ジュリエットのひつぎのふたを開《ひら》いた。

「おお、ジュリエット。わが妻《つま》よ……。」

ロミオは、ジュリエットの真《ま》っ白《しろ》な顔《かお》をじっと見《み》つめた。

「まるでねむっているようだ。死神《しにがみ》は命《いのち》をうばっても、あなたの美《うつく》しさをうばうことはできなかったんだな。」

ジュリエットのそばのひつぎには、ティボルトの名《な》が刻《きざ》まれていた。

「ティボルトよ、乱暴者《らんぼうもの》だったおまえも今《いま》では安《やす》らかなねむりについているんだな。おまえの人生《じんせい》をくるわせてしまってすまなかった、許《ゆる》してくれ。ぼくはジュリエットの夫《おっと》なのだから、ぼくたちはいとこ同士《どうし》になったんだ。仲《なか》よくなれたらと思《おも》っていたんだが、かなわなかったな。ぼくはここで、おまえの前《まえ》で命《いのち》を絶《た》つことにする。それが、せめてものおまえのなぐさめになればいいのだが。」

ロミオは、ふところから小《ちい》さなびんを取《と》り出《だ》した。それは、マンチュアからもどるとちゅうに立《た》ち寄《よ》った薬屋《くすりや》で高《たか》い金《かね》をはらって手《て》に入《い》れた毒薬《どくやく》である。

「この体《からだ》に何《なん》の未練《みれん》があるものか。美《うつく》しいジュリエット、あなたがいる場所《ばしょ》こそ、ぼくにとっての楽園《らくえん》だ。さあ、今《いま》から行《い》くよ。今度《こんど》こそ本当《ほんとう》に、いつまでもいっしょだ……。」

ロミオはジュリエットをやさしくだきしめると、最後《さいご》のキスをした。

この世《よ》のなごりにジュリエットの顔《かお》を見《み》つめて、ほおにそっと手《て》をふれ、別《わか》れを告《つ》げた。

そして、毒薬《どくやく》を一気《いっき》に飲《の》みほした。

毒薬《どくやく》はすぐにききめを現《あらわ》し、ロミオはジュリエットのかたわらにばたりとたおれた。

間《ま》もなく、ロミオはのろわれた不幸《ふこう》な運命《うんめい》から解放《かいほう》された。ロミオは、今度《こんど》こそジュリエットといっしょになれると信《しん》じて疑《うたが》っていなかった――。

第《だい》7章《しょう》 永《えい》遠《えん》に結《むす》ばれて

美《うつく》しき愛《あい》

（おや、だれか来《き》たのかな。）

ロレンスは、納骨堂《のうこつどう》のなかにほのかなあかりがともっているのを不思議《ふしぎ》に思《おも》った。

なかをうかがいながら、そっと足《あし》をふみ入《い》れると……。

「ややっ、これは……！」

地面《じめん》には剣《けん》が二本《にほん》ころがっていて、そのうちの一《ひと》つは血《ち》にぬれている。

ロレンスはたおれている男《おとこ》たちにかけ寄《よ》った。

（パリス？　こっちはロミオだ。）

ロレンスは、ひつぎのなかのジュリエットにおおいかぶさっているロミオの体《からだ》を

だき起《お》こし、胸《むね》にふれた。ロミオの口《くち》もとからは、血《ち》がひとすじ流《なが》れ出《で》ていた。

（だめだ、死《し》んでいる。）

ロレンスは次《つぎ》に、パリスの脈《みゃく》を調《しら》べた。服《ふく》をぬらす血《ち》はすでにかわいていて、こちらも息絶《いきた》えている。

（何《なん》ということだ……。）

ロレンスは一瞬《いっしゅん》のうちに何《なに》が起《お》こったのかをさとった。

そのとき、かすかな物音《ものおと》がした。

「う……う～ん……。」

ジュリエットが目《め》を覚《さ》ましたのだ。ひつぎから体《からだ》を起《お》こしたジュリエットは、まずロレンスに気《き》がついてホッとした表情《ひょうじょう》をうかべた。

「ロレンスさま。わたし、上手《じょうず》に死《し》んでいたみたいね。何《なん》だかおかしな気分《きぶん》だわ。ねえ、ロミオはどこにいるの？」

ロレンスは言《い》いにくそうに目《め》をふせた。

「ジュリエット、落《お》ち着《つ》いて聞《き》いてくれ。手《て》ちがいがあったようで、ロミオは……死《し》んでしまった。」

ジュリエットは小《ちい》さく声《こえ》を上《あ》げて立《た》ち上《あ》がり、ひつぎの外《そと》に出《で》た。そこにたおれているのは、まちがいなくジュリエットの愛《あい》する人《ひと》だった。

「ロミオ、ロミオ！」

ジュリエットはロミオにおおいかぶさった。

「ロミオ、目《め》を開《あ》けて！　ねえ！」

必死《ひっし》に呼《よ》びかけるジュリエットはあまりにも痛々《いたいた》しくて、ロレンスは彼女《かのじょ》に背《せ》を向《む》けた。納骨堂《のうこつどう》の外《そと》に出《で》ると、空《そら》は少《すこ》し明《あか》るくなり始《はじ》めていた。ロレンスは、目《め》をこすった。まだはるか遠《とお》くではあったが、何人《なんにん》かの集団《しゅうだん》がこちらに近《ちか》づいてくるのが見《み》えたのである。

（夜回《よまわ》りの番人《ばんにん》か？　もしかするとパリスの家《いえ》の者《もの》が、パリスが帰《かえ》ってこないのを心配《しんぱい》して人《ひと》をよこしたのかもしれない。）

ロレンスは、ロミオにすがって泣《な》きふしているジュリエットに向《む》かって言《い》った。

「ジュリエット、だれかここにやってくるぞ。ひとまず、ここをはなれよう。」

しかし、ジュリエットはロミオをだいたまま座《すわ》りこんでいる。

「いやです。わたしはここにいます。」

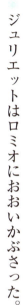

「こんな状況《じょうきょう》が見《み》つかったら大《おお》さわぎになるぞ。お願《ねが》いだから、ここを出《で》るんだ。ジュリエット！」

ジュリエットはがんとして動《うご》こうとしない。

ロレンスは困《こま》りはてたあげく、

「ジュリエット、わたしのところに来《く》るんだよ。」

と言《い》い残《のこ》して納骨堂《のうこつどう》を出《で》ていった。

ジュリエットは、ロミオが手《て》に何《なに》かをかたくにぎりしめているのに気《き》づいた。指《ゆび》を開《ひら》いてみると、小《ちい》さなびんがあった。

（これは、きっと毒薬《どくやく》ね。ロミオはこれを飲《の》んで死《し》んだんだわ。ごめんなさいね……。わたしも今《いま》行《い》くわ。）

ジュリエットは小《こ》びんに口《くち》をつけたが、なかみは一《いっ》てきも残《のこ》っていない。

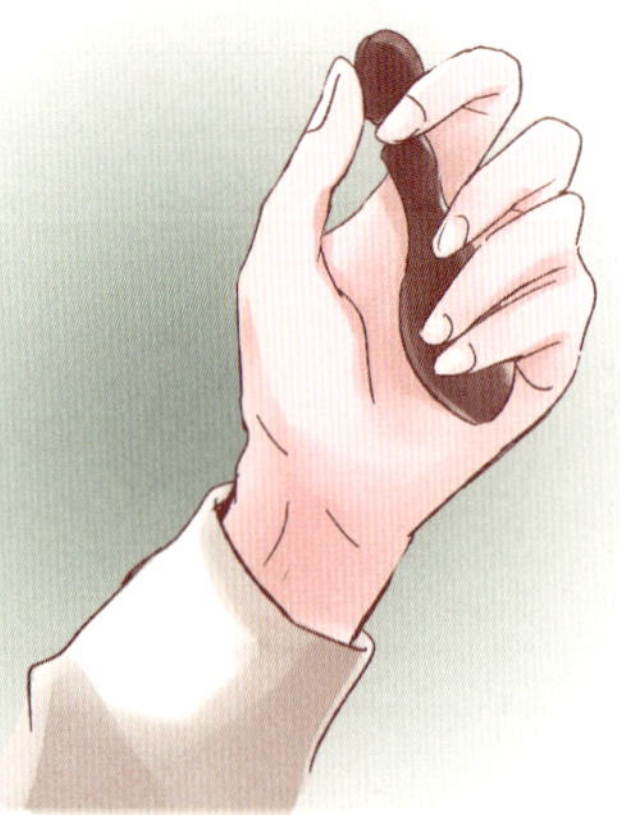

（それなら、あなたの口《くち》からわけてちょうだい。）

ジュリエットはロミオにキスをした。自分《じぶん》への愛《あい》をつらぬいた恋人《こいびと》に報《むく》いたかったのだ。しかし、むだだった。まだ温《ぬく》もりのあるそのくちびるの感触《かんしょく》で、幸《しあわ》せだったころの思《おも》いがあふれ出《だ》し、愛《いと》しさばかりがつのった。

ジュリエットは、愛《あい》する人《ひと》を見《み》つめて、自分《じぶん》たちののろわれた運命《うんめい》をただただなみだをうかべて悲《かな》しんだ。

すると、納骨堂《のうこつどう》の外《そと》で人《ひと》の声《こえ》がするのが聞《き》こえた。

（もう、時間《じかん》がない。急《いそ》がなくちゃ。）

ジュリエットは、なみだをふいてロミオがこしにさしていた短剣《たんけん》を手《て》に取《と》った。そして、両手《りょうて》でしっかりとにぎりしめると、自分《じぶん》の胸《むね》につき立《た》てたのである。

（ロミオ、あなたのおそばへ……！）

ジュリエットは、ロミオに折《お》り重《かさ》なるようにたおれた。

エスカラス公爵《こうしゃく》の家来《けらい》たちは、納骨堂《のうこつどう》に入《はい》るなり異様《いよう》な光景《こうけい》におどろいて声《こえ》を上《あ》げた。

「パリスさまだ！」

「これはモンタギュー家《け》のロミオさまじゃないか！」

地面《じめん》には、ジュリエットの胸《むね》から流《なが》れ出《で》る血《ち》が広《ひろ》がっていく。

「ジュリエットさまの体《からだ》はまだ温《あたた》かいぞ……。」

「いや、だめだ。もう死《し》んでいる。」

「ジュリエットさまは昨晩《さくばん》亡《な》くなったはずじゃなかったのか？」

「とにかくすぐにキャピュレット家《け》に知《し》らせに行《い》け！　モンタギュー家《け》にもだ！」

仲直《なかなお》り

ヴェローナの街《まち》は、悲惨《ひさん》な事件《じけん》の話題《わだい》で大《おお》さわぎになった。

なぜ死《し》んだはずのジュリエットが「もう一度《いちど》」死《し》んでいたのか。パリスとロミオはなぜここで死《し》んでいたのか。

エスカラス公爵《こうしゃく》は、混乱《こんらん》をしずめるために事件《じけん》のてんまつを明《あき》らかにする必要《ひつよう》があった。ジュリエットの乳母《うば》、ロミオのめしつかいであるバルサザーからの聞《き》き取《と》り、そしてもっとも重要《じゅうよう》なのはロレンスの証言《しょうげん》だった。

ロレンスは、一部始終《いちぶしじゅう》を説明《せつめい》した後《あと》でこう言《い》った。

「ロミオとジュリエットの仲《なか》をとりもってやりたかったとはいえ、考《かんが》え深《ぶか》さが欠《か》けておりました。こうなったのはすべて、わたしの責任《せきにん》でございます。」

「ロレンス、わしはきみをばっするつもりはない。こんなことが起《お》こるまでモンタギューとキャピュレットの仲《なか》たがいをそのままにしていたわしにも、罪《つみ》はある。わし自身《じしん》も、おいのマキューシオを失《うしな》った。ここにいる者《もの》たちはみな、もうばつを受《う》けているのだ。」

エスカラスは、ふところから一通《いっつう》の手紙《てがみ》を取《と》り出《だ》した。

「これはロミオが父上《ちちうえ》にあてて書《か》き残《のこ》した手紙《てがみ》だ。ここには、こう書《か》かれている。

『父上《ちちうえ》がわたしの死《し》を悲《かな》しんでくださるのなら、一《ひと》つお願《ねが》いがございます。これからはキャピュレット家《け》と争《あらそ》うことなく、ヴェローナの繁栄《はんえい》を願《ねが》い手《て》を取《と》りあっていただきたいのです。』と。」

エスカラスは、キャピュレットとモンタギューの顔《かお》を交互《こうご》に見《み》た。

「もとをたどれば、原因《げんいん》は両家《りょうけ》のくだらない勢力争《せいりょくあらそ》い、見栄《みえ》のはりあいだ。純粋《じゅんすい》な若者《わかもの》たちが命《いのち》を落《お》としたのは……。キャピュレット、モンタギュー、きみたちはどう思《おも》うかね。」

キャピュレットは姿勢《しせい》を正《ただ》して、モンタギューに向《む》きあった。

「モンタギュー。わたしがばかだった。もうおそいかもしれないが、今《いま》までの無礼《ぶれい》なふるまいを許《ゆる》してくれたまえ。」

「キャピュレット。ばかだったのは、わたしも同《おな》じだ。許《ゆる》してもらえるのなら、きみの手《て》を取《と》らせてほしい。」

かたく手《て》をにぎりあうと、モンタギューが言《い》った。
「わたしはジュリエットの黄金《おうごん》の像《ぞう》をつくりたいと思《おも》う。ヴェローナの街《まち》が続《つづ》くかぎり、美《うつく》しいたましいを持《も》って天《てん》にのぼっていったジュリエットの姿《すがた》を、人々《ひとびと》に伝《つた》えたいのだ。」
　モンタギューが言《い》うと、キャピュレットも続《つづ》けて言《い》った。
「では、わたしにはロミオの黄《おう》金《ごん》の像《ぞう》をつくらせてくれ。そうだ、二人《ふたり》の像《ぞう》をならべてかざろう。こんなおろかな争《あらそ》いがもう二度《にど》とくり返《かえ》されないように、二人《ふたり》の気高《けだか》い愛《あい》とたましいをたたえて。」

キャピュレットとモンタギューは、しっかりとだきあった。

エスカラスは、なみだにぬれた目《め》で窓《まど》の外《そと》をながめた。

世界《せかい》は朝《あさ》のかがやきに満《み》ち、空《そら》は美《うつく》しく晴《は》れわたっていた。

「ロミオとジュリエットが愛《あい》しあうようになったのは、神《かみ》のはからいかもしれないな。にくしみをすて、仲直《なかなお》りできたことに感謝《かんしゃ》しなさい。そして、ともに大《おお》きなぎせいをはらったことを決《けっ》して忘《わす》れずに生《い》きていこうではないか。」

ロミオとジュリエットの恋物語《こいものがたり》は、こうして幕《まく》を閉《と》じた。

ヴェローナの人々《ひとびと》は、二人《ふたり》の美《うつく》しい黄金像《おうごんぞう》をたたえた。そして、これを見《み》るたびに二人《ふたり》の悲《かな》しい結末《けつまつ》をなげき、にくみあうことのおろかさを語《かた》りあったのである。

物語《ものがたり》について知《し》ろう！

中世《ちゅうせい》ヨーロッパの結婚《けっこん》

現代《げんだい》よりも寿命《じゅみょう》が短《みじか》かったため、男女《だんじょ》ともとても早《はや》く結婚《けっこん》しました。家《いえ》の存続《そんぞく》のため、結婚相手《けっこんあいて》は親《おや》に決《き》められることも当《あ》たり前《まえ》でした。

さまざまな派生作品《はせいさくひん》が生《う》まれる

もともとはセリフが主体《しゅたい》の演劇文学《えんげきぶんがく》ですが、19世紀《せいき》に物語形式《ものがたりけいしき》に書《か》き直《なお》されたラムきょうだいの「シェイクスピア物語《ものがたり》」も読《よ》みつがれています。その他《ほか》にはセルゲイ・プロコフィエフ作曲《さっきょく》のバレエ、現代版《げんだいばん》ロミオとジュリエットのミュージカル「ウェスト・サイド物語《ものがたり》」などの作品《さくひん》も人気《にんき》です。

ウィリアム・シェイクスピアについて

©National Portrait Gallery, London/amanaimages

1564～1616年《ねん》

イギリスのイングランド地方《ちほう》生《う》まれ。劇作家《げきさっか》、詩人《しじん》。多《おお》くのすばらしい戯曲《ぎきょく》を残《のこ》しました。4大悲劇《だいひげき》の『ハムレット』『オセロ』『リア王《おう》』『マクベス』が有名《ゆうめい》です。

苦労《くろう》した少年時代《しょうねんじだい》

裕福《ゆうふく》な家庭《かてい》に生《う》まれましたが、父《ちち》が仕事《しごと》に失敗《しっぱい》したため大学《だいがく》に通《かよ》えませんでした。ロンドンに出《で》て独《どく》自《じ》に演劇《えんげき》を学《まな》び、28歳《さい》のときに劇作家《げきさっか》として成功《せいこう》しました。

その他《ほか》の作品《さくひん》

『夏《なつ》の夜《よ》の夢《ゆめ》』(1595)

『ヴェニスの商人《しょうにん》』(1596)

＜参考文献《さんこうぶんけん》＞

・『ロミオとジューリエット』
平井《ひらい》 正穂《まさお》訳《やく》、岩波文庫《いわなみぶんこ》、1988年《ねん》

・『ロミオとジュリエット
―愛《あい》のシェイクスピア物語《ものがたり》』
乾《いぬい》 侑美子《ゆみこ》訳《やく》、小学館《しょうがくかん》、1992年《ねん》

ねむれる森《もり》の美《び》女《じょ》

もくじ

登場人物紹介《とうじょうじんぶつしょうかい》

物語《ものがたり》の中心《ちゅうしん》となる3人《にん》の登場人物《とうじょうじんぶつ》です。

おひめさま

生《う》まれたときに魔法《まほう》をかけられて、美《うつく》しく活発《かっぱつ》なおひめさまへと成長《せいちょう》する。同時《どうじ》にのろいもかけられている。16歳《さい》になったとき、あるできごとが…!?

王子《おうじ》

勇《ゆう》かんで意志《いし》が強《つよ》い。100年前《ねんまえ》から伝《つた》わるうわさを聞《き》いて、いばらに包《つつ》まれた不思議《ふしぎ》な城《しろ》を目指《めざ》す。

よい妖精《ようせい》

おひめさまの誕生《たんじょう》パーティーに招待《しょうたい》された7人《にん》の妖精《ようせい》のうちの一人《ひとり》。年老《としお》いた妖精《ようせい》のたくらみを知《し》ってのろいをふせぐ魔法《まほう》でひめを守《まも》る。

第《だい》1章《しょう》　おひめさまにかけられた魔法《まほう》

こうして、
国《くに》じゅうが
待《ま》ちに待《ま》った、
世《よ》つぎとなる
おひめさまが
誕生《たんじょう》しました。
ひめの誕生《たんじょう》を祝《いわ》う
パーティーを盛大《せいだい》に
とり行《おこな》おう!
国《くに》じゅうの妖精《ようせい》たちを
招待《しょうたい》するのだ!
お城《しろ》には、
七人《ななにん》の妖精《ようせい》たちが
招待《しょうたい》されました。

何《なん》てすばらしい食器《しょっき》！

純金製《じゅんきんせい》のナイフとフォークに、ダイヤモンドとルビーがちりばめられているわ。

あの方《かた》は？

はっ、五十年以上《ごじゅうねんいじょう》も塔《とう》に閉《と》じこもり音信不通《おんしんふつう》だというので、ご招待差《しょうたいさ》し上《あ》げなかった妖精《ようせい》です。

すぐに追加《ついか》の食器《しょっき》と食事《しょくじ》の用意《ようい》をせよ。

はっ！

ただ…。

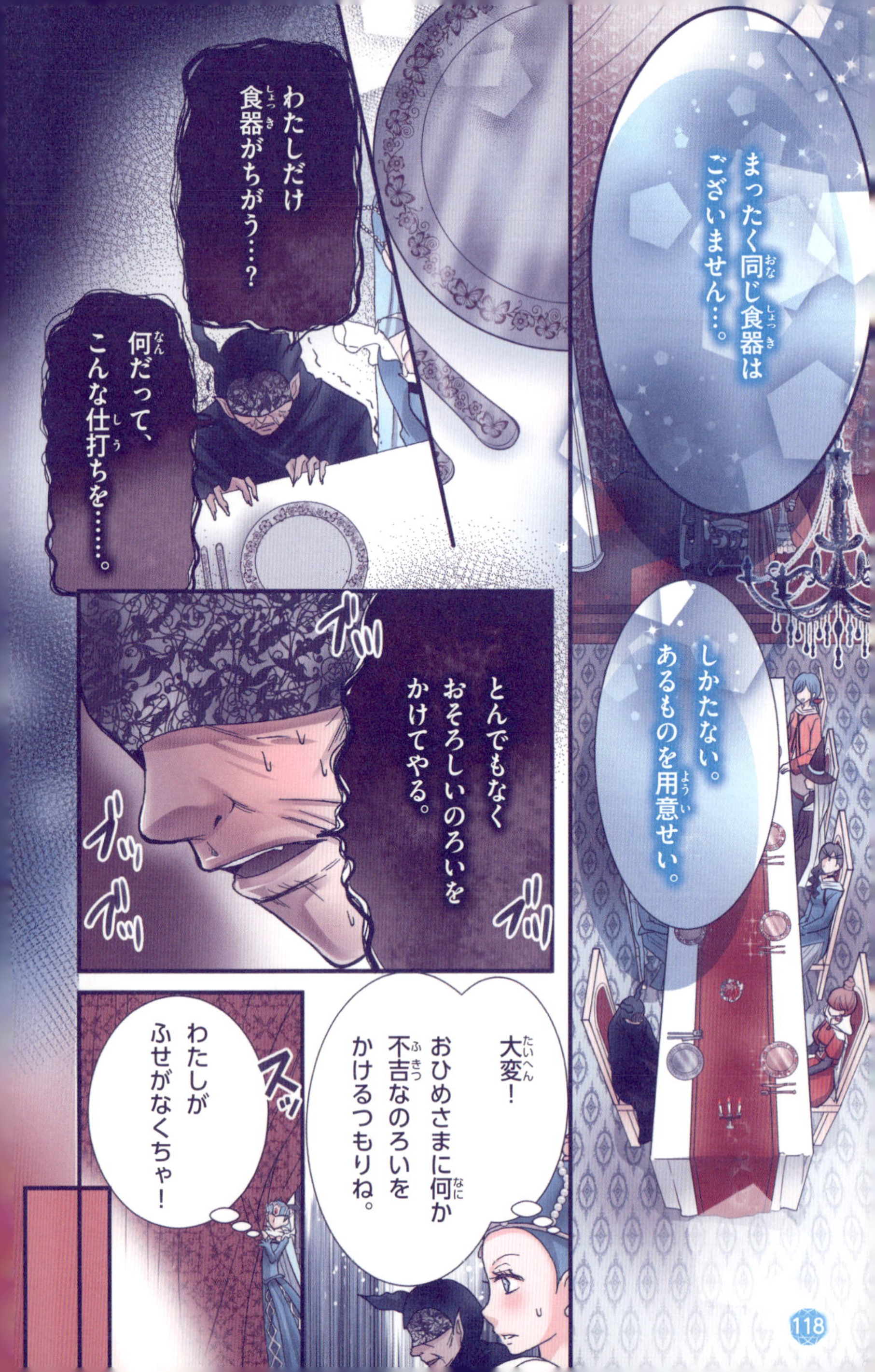
まったく同《おな》じ食器《しょっき》はございません…。
しかたない。あるものを用意《ようい》せい。
わたしだけ食器《しょっき》がちがう…？
何《なん》だって、こんな仕《し》打《う》ちを……。
とんでもなくおそろしいのろいをかけてやる。
大変《たいへん》！おひめさまに何《なに》か不吉《ふきつ》なのろいをかけるつもりね。
スッ
わたしがふせがなくちゃ！

おひめさまへ妖精《ようせい》一人一人《ひとりひとり》より魔法《まほう》のプレゼントです。
世界《せかい》でいちばん美《うつく》しい人《ひと》になる魔法《まほう》を。
天使《てんし》のような心《こころ》の持《も》ち主《ぬし》になる魔法《まほう》を。
ダンスをかんぺきにおどれる魔法《まほう》を。
何《なに》をしていても気品《きひん》がただよう魔法《まほう》を。
サヨナキドリのように上手《じょうず》に歌《うた》える魔法《まほう》を。
どんな楽器《がっき》でも見事《みごと》に演奏《えんそう》できる魔法《まほう》を。
次《つぎ》は…。

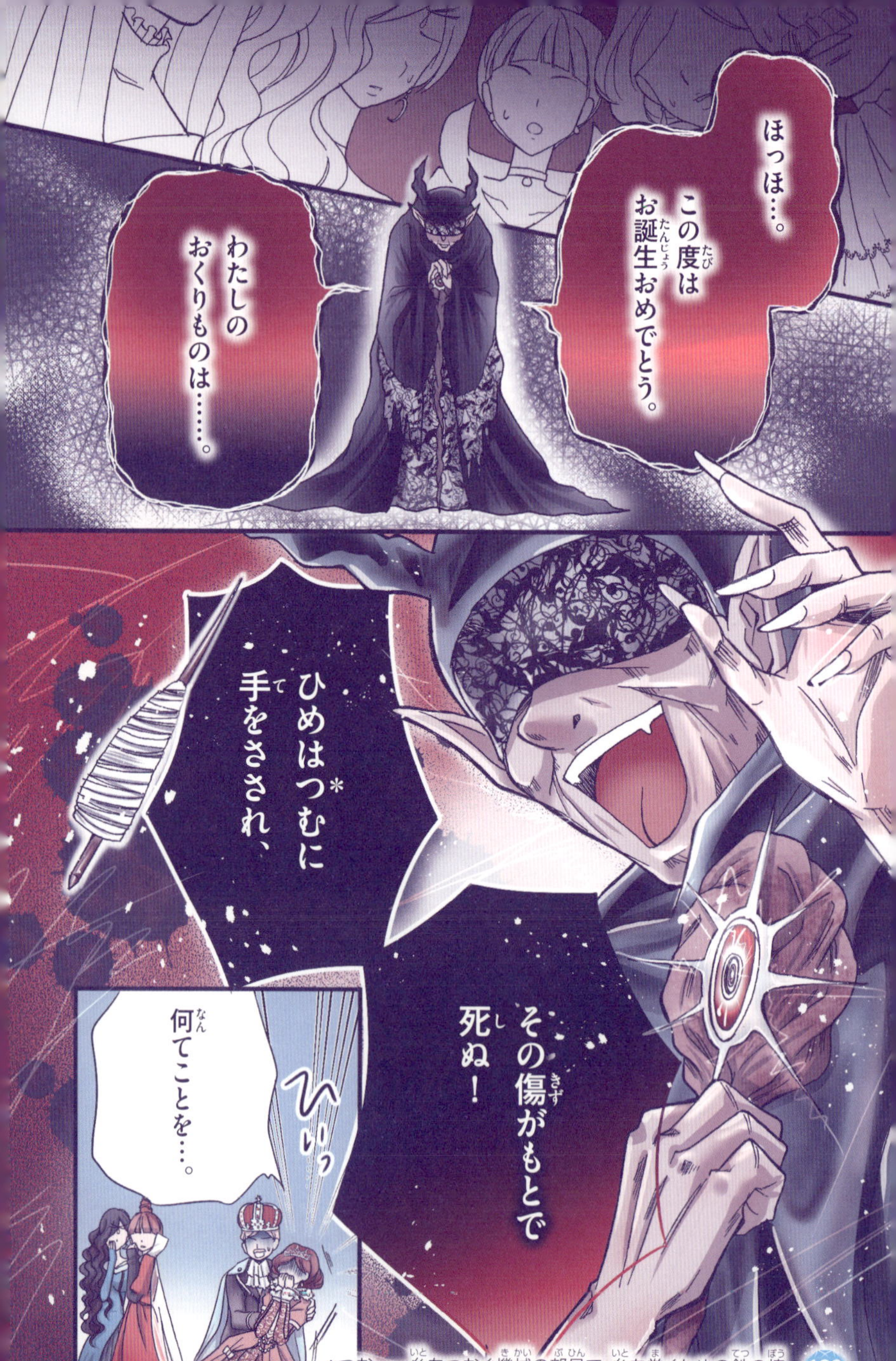

＊つむ……糸《いと》をつむぐ機械《きかい》の部品《ぶひん》で、糸《いと》を巻《ま》くための鉄《てつ》の棒《ぼう》。

ご安心《あんしん》ください！
わたしからの魔法《まほう》のプレゼントです。
あの妖精《ようせい》がかけたのろいを完全《かんぜん》に解《と》くことはできませんが、
命《いのち》だけはお助《たす》けできました。

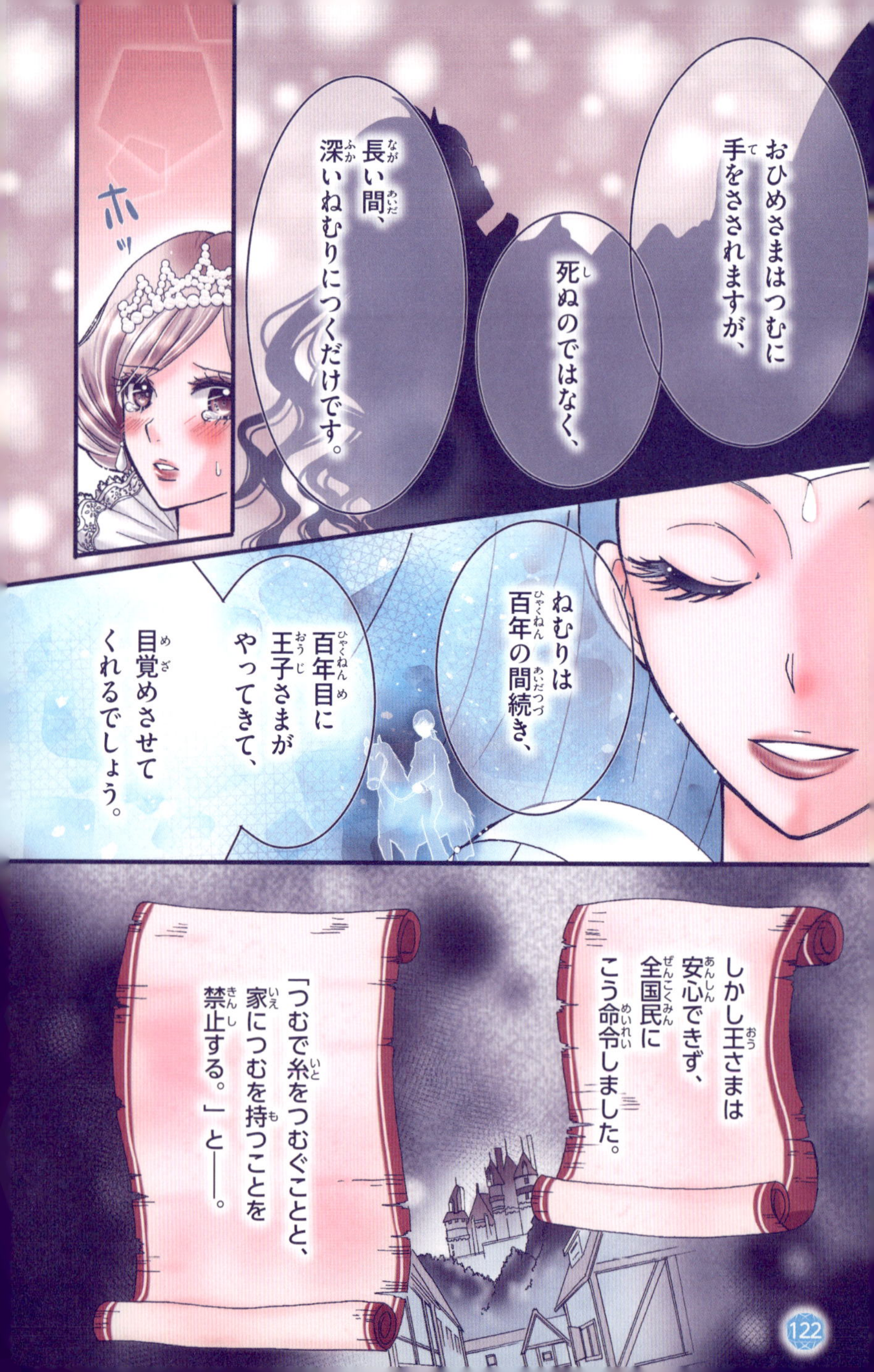

おひめさまはつむに手《て》をさされますが、
死《し》ぬのではなく、
長《なが》い間《あいだ》、深《ふか》いねむりにつくだけです。
ホッ
ねむりは百年《ひゃくねん》の間《あいだ》続《つづ》き、
百年目《ひゃくねんめ》に王子《おうじ》さまがやってきて、目覚《めざ》めさせてくれるでしょう。
しかし王《おう》さまは安心《あんしん》できず、全国民《ぜんこくみん》にこう命令《めいれい》しました。
「つむで糸《いと》をつむぐことと、家《いえ》につむを持《も》つことを禁止《きんし》する。」と――。

第《だい》2章《しょう》 ねむりについたおひめさま

おひめさまが、年老《としお》いた妖精《ようせい》におそろしいのろいをかけられてから、十六年《じゅうろくねん》ほどの月日《つきひ》がたちました。

かわいい赤《あか》ちゃんだったおひめさまは、妖精《ようせい》の魔法通《まほうどお》り、かがやくばかりの美《うつく》しいむすめへと成長《せいちょう》していました。

王《おう》さまとおきさきさまが、少《すこ》しはなれた別荘《べっそう》に出《で》かけていたある日《ひ》のこと。

（せっかく、お父《とう》さまとお母《かあ》さまがいないんだから、いつもは行《い》かせてもらえない場所《ばしょ》に行《い》ってみた

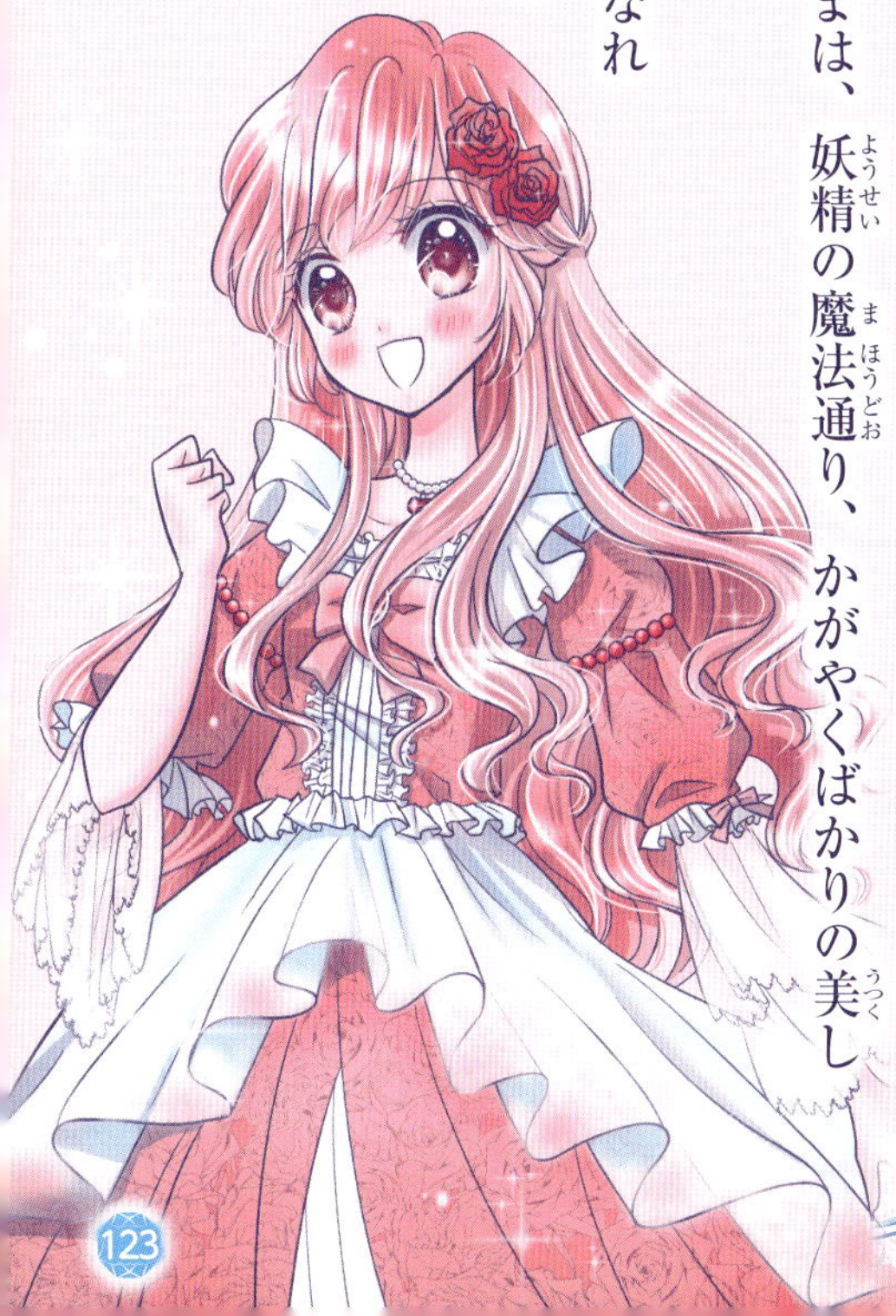

いわ！）

おひめさまは、とても活発《かっぱつ》な性格《せいかく》の持《も》ち主《ぬし》でした。

「あら、こんなところにもお部屋《へや》があったのね。まあ、まだ上《うえ》に続《つづ》く階段《かいだん》があるわ。」

おひめさまは、美《うつく》しいひとみをますますキラキラとかがやかせて、高《たか》い塔《とう》の階段《かいだん》をどんどんかけ上《あ》がっていきます。

そして、とうとう塔《とう》のいちばん高《たか》いところにある、屋根裏部屋《やねうらべや》へとたどり着《つ》いたのです。

おひめさまが、息《いき》をはずませながら屋根裏部屋《やねうらべや》のドアをそっと開《ひら》くと、そこには、一人《ひとり》のおばあさんがいました。

おばあさんの手《て》もとでは、車輪《しゃりん》のようなものがついた機械《きかい》がカタカタとリズミカルに動《うご》いています。

「こんにちは、おばあさん。何《なに》をしているの？」

「おや、かわいいむすめさんだこと。これはね、糸《いと》をつむいでいるんだよ。」

おひめさまは、王《おう》さまのおふれのせいで、これまでだれかが糸《いと》をつむぐのを見《み》たことがありませんでしたから、まさに興味《きょうみ》しんしんです。

「まあ、おもしろい！　それに何《なん》てきれいなのかしら！」

おひめさまは、おばあさんが糸《いと》をつむぐ様子《ようす》を見《み》て、ほうっとため息《いき》をつきました。

「ねぇ、どうしたらそんなふうにできるの？　わたしにも貸《か》してくださる？　そんなふうに上手《じょうず》にできるかどうか、ちょっとやってみたいの。」

おひめさまはそう言《い》って、おばあさんから糸《いと》をつむぐときに使《つか》うつむという道具《どうぐ》を借《か》りました。つむの先《さき》はするどくとがっています。

おひめさまは、活発《かっぱつ》なだけでなく、ちょっぴりあわてんぼうなところもありました。それがいけなかったのか、それともやはり、あの年老《としお》いた妖精《ようせい》ののろいの力《ちから》にはさからえなかったのでしょうか……。

おひめさまは、つむを自分《じぶん》の手《て》にさしてしまったのです。そして、そのまま気《き》を失《うしな》い、たおれてしまいました。

やがて王《おう》さまがお城《しろ》にもどってきたとき、お城《しろ》のなかは大《おお》さわぎになっていました。

「早《はや》く、顔《かお》に水《みず》をかけるんだ！」

「そんなんじゃいけないわよ。ドレスのひもをゆるめて、体《からだ》を楽《らく》にしてあげなくては。」

「手《て》のひらをたたいてみましょう。」

「この気《き》つけ薬《ぐすり》をこめかみにぬって！」

お城《しろ》の人々《ひとびと》は、ありとあらゆる方法《ほうほう》を試《ため》してみましたが、おひめさまは気《き》を失《うしな》ったまま——。

「やはり、あのいまわしいのろいをさけることはできなかったのか……。」

王《おう》さまは家来《けらい》に命《めい》じて、おひめさまをお城《しろ》のなかのいちばん美《うつく》しい部屋《へや》に運《はこ》ばせると、金銀《きんぎん》のししゅうをほどこした、とてもごうかなベッドにねかせました。

きらびやかなベッドでねむるおひめさまは、それはそれは美《うつく》しく、まるで天使《てんし》のようでした。

目《め》を閉《と》じてはいるものの、はだはつやつやとかがやき、ほおはバラ色《いろ》、くちびるはサンゴ色《いろ》にそまっています。

静《しず》かなねいきがかすかに聞《き》こえてくるので、生《い》きているにはちがいないのですが、魔法通《まほうどお》りなら、あと百年《ひゃくねん》は目《め》を覚《さ》まさないのです。

「目《め》が覚《さ》めるときがくるまで、このままここにそっとねかせておくように。」

王《おう》さまは家来《けらい》にそう命《めい》じました。


「何《なん》ですって！　とうとう……。」

おひめさまが魔《ま》法《ほう》通《どお》りにねむりについたという知《し》らせが、あのとき、最後《さいご》に命《いのち》を

助《たす》けてくれた妖精《ようせい》のところに届《とど》きました。

妖精《ようせい》はお城《しろ》からはだいぶ遠《とお》いところにいましたが、*七《なな》リーグもはなれた場所《ばしょ》まで、たった一歩《いっぽ》で行《い》けるという七《なな》リーグブーツで小人《こびと》がかけつけ、知《し》らせてくれたのです。

「すぐ行《い》かなくてはならないわ！」

妖精《ようせい》は、火《ひ》の車《くるま》をドラゴンにひかせ、一時間後《いちじかんご》にはお城《しろ》にたどり着《つ》きました。

「おお、来《き》てくれたのか。とうとう、おそれていたことが起《お》こってしまったようだ。」

王《おう》さまは、火《ひ》の車《くるま》をおりようとする妖精《ようせい》に手《て》を差《さ》しのべながら言《い》いました。

「ええ、とても残念《ざんねん》なことですが……。おひめさまが気《き》を失《うしな》われてから、王《おう》さまがなさったことは、すべて正《ただ》しかったと思《おも》います。ですが……。」

「何《なん》だね？」

「このままでは、百年後《ひゃくねんご》、おひめさまが目《め》を覚《さ》ましたとき、このお城《しろ》に一人《ひとり》ぼっち

*七《なな》リーグ……1リーグ約《やく》5.5㎞なので、約《やく》40㎞。

ということになってしまいます。それでは、ひどくお困《こま》りになりますわ。」

「なるほど。たしかにそうじゃな。」

「わたしにおまかせくださいませ。」

妖精《ようせい》はそう言《い》うと、王《おう》さまとおきさきさまをのぞく、お城《しろ》のなかのすべての人《ひと》やものに、魔法《まほう》のつえでふれていきました。

そのとたん、おひめさまの教育係《きょういくがかり》、お世話係《せわがかり》、貴族《きぞく》や家臣《かしん》、料理長《りょうりちょう》に料理人《りょうりにん》に皿洗《さらあら》い、兵隊《へいたい》に門番《もんばん》に番犬《ばんけん》、馬《うま》とそのお世話係《せわがかり》、そして、おひめさまのベッドの

そばにいた小犬《こいぬ》のプーフ、さらには料理中《りょうりちゅう》の食材《しょくざい》や、それらを焼《や》いていた火《ひ》でさえもときがとまったように、ぐっすりとねむりこんでしまったのです。

「さあ、これで大丈夫《だいじょうぶ》。おひめさまが目《め》を覚《さ》ますと同時《どうじ》に、すぐにお仕《つか》えできるようにしました。」

「そうか、ありがとう。」

王《おう》さまとおきさきさまは、最後《さいご》にもう一度《いちど》、おひめさまがねむるベッドのところに行《い》き、愛《いと》しいむすめにそっとキスをしました。

そして、何《なに》もかもがねむるお城《しろ》からそっと出《で》ていきました。

王《おう》さまは最後《さいご》に、このお城《しろ》にだれも近《ちか》づくことができないようにする命令《めいれい》を出《だ》しましたが、それは必要《ひつよう》なかったかもしれません。

なぜなら、二人《ふたり》が出《で》ていってから十五分《じゅうごふん》もたつと、お城《しろ》の庭園《ていえん》のまわりに生《は》え始《はじ》めたいばらのしげみが複雑《ふくざつ》にからみあい、人間《にんげん》も動物《どうぶつ》もなかへ入《はい》れないようにしてしまったからです。

今《いま》となっては、お城《しろ》の塔《とう》の上《うえ》のほうだけが、うんと遠《とお》くから少《すこ》し見《み》えるだけ。あとはうっそうとしたやみにすっぽりと包《つつ》まれてしまいました。

お城《しろ》がこんなふうになってしまったのも、もちろん妖精《ようせい》のおかげでしょう。うわさ好《ず》きの人《ひと》がお城《しろ》に近《ちか》づいたりしないよう、魔法《まほう》をかけたのにちがいありません。

第《だい》3章《しょう》 目《め》覚《ざ》めと出《で》会《あ》い

おひめさまが長《なが》い長《なが》いねむりについてから、百年《ひゃくねん》という歳月《さいげつ》がすぎました。

今《いま》では、このおひめさまとは血《ち》のつながっていない、別《べつ》の家系《かけい》の王《おう》がこのあたりを治《おさ》めていました。

ある日《ひ》のこと。その王《おう》のむすこである王子《おうじ》が、狩《か》りに出《で》かけました。

「あれは何《なん》だろう?」

遠《とお》くに、うっそうとしげる森《もり》のてっぺんから、塔《とう》のようなものがつき出《だ》しているのが見《み》えたのです。

王子《おうじ》は、どうしてもそれが気《き》になって、通《とお》りがかった人々《ひとびと》に聞《き》きました。

「ああ、あれですか。何《なん》でも古《ふる》い城《しろ》らしいんですが、亡《な》くなった人《ひと》のたましいがもどってくる場所《ばしょ》らしいですぜ。」

また、ある人《ひと》はこう答《こた》えました。

「このあたりにすむ魔女《まじょ》たちが、夜《よる》になるとあそこに集《あつ》まってパーティーを開《ひら》くんだとか。」

また、別《べつ》の人《ひと》はまゆをひそめて、こう答《こた》えました。

「あそこには人食《ひとく》いおにがすんでいて、さらってきた子《こ》どもたちを運《はこ》んでから、だれにもじゃまされずにゆっくりと食《た》べるそうですよ。」

どれも信《しん》じられない話《はなし》でしたが、どうやら人食《ひとく》いおにの説《せつ》が、このあたりではいちばん広《ひろ》まっているようでした。

「はたして本当《ほんとう》かな？」

そこへ、年老《としお》いた農夫《のうふ》がやってきて言《い》いました。

「王子《おうじ》さま、わたしは父親《ちちおや》に、こういう話《はなし》を聞《き》いたことがあります。といっても、もう五十年以上《ごじゅうねんいじょう》も前《まえ》のことになりますが……。」

農夫《のうふ》の話《はなし》は、王子《おうじ》にとって、もっとも興味深《きょうみぶか》いものでした。

「あの城《しろ》には、世界《せかい》でいちばん美《うつく》しいおひめさまがねむっているらしいのです。しかも、百年《ひゃくねん》もの間《あいだ》ねむり続《つづ》け、自分《じぶん》の結婚相手《けっこんあいて》となる運命《うんめい》の王子《おうじ》さまが現《あらわ》れたら、目《め》を覚《さ》ますことになっているという話《はなし》でした。」

この話《はなし》を聞《き》いた瞬間《しゅんかん》、若《わか》い王子《おうじ》の体《からだ》にしょうげきが走《はし》りました。

（ああ、なぜだかわからないが、そのおひめさまを目覚《めざ》めさせることができるのは、このわたしなのではないかという気《き》がする……。）

そんな考《かんが》えに動《うご》かされるようにして、王子《おうじ》はお城《しろ》を目指《めざ》しました。

王子《おうじ》がうっそうとしげる森《もり》に近《ちか》づくと、からみあってだれも通《とお》さなかったはずのいばらが、さっとよけて道《みち》を開《あ》けました。

前方《ぜんぽう》にはなみ木道《きみち》がのび、ずっとおくのほうにはお城《しろ》も見《み》えます。

「ああ、王子《おうじ》！　お気《き》をつけください。」

後《うし》ろをふり返《かえ》ると、王子《おうじ》の後《あと》についてこようとした家臣《かしん》たちが、いばらのしげみに行《い》く手《て》をはばまれてもがいています。

どうやら、いばらがよけて道《みち》を開《あ》けたのは王子《おうじ》に対《たい》してだけで、ほかの者《もの》はだれ一人通《ひとりとお》してもらえなかったのでした。

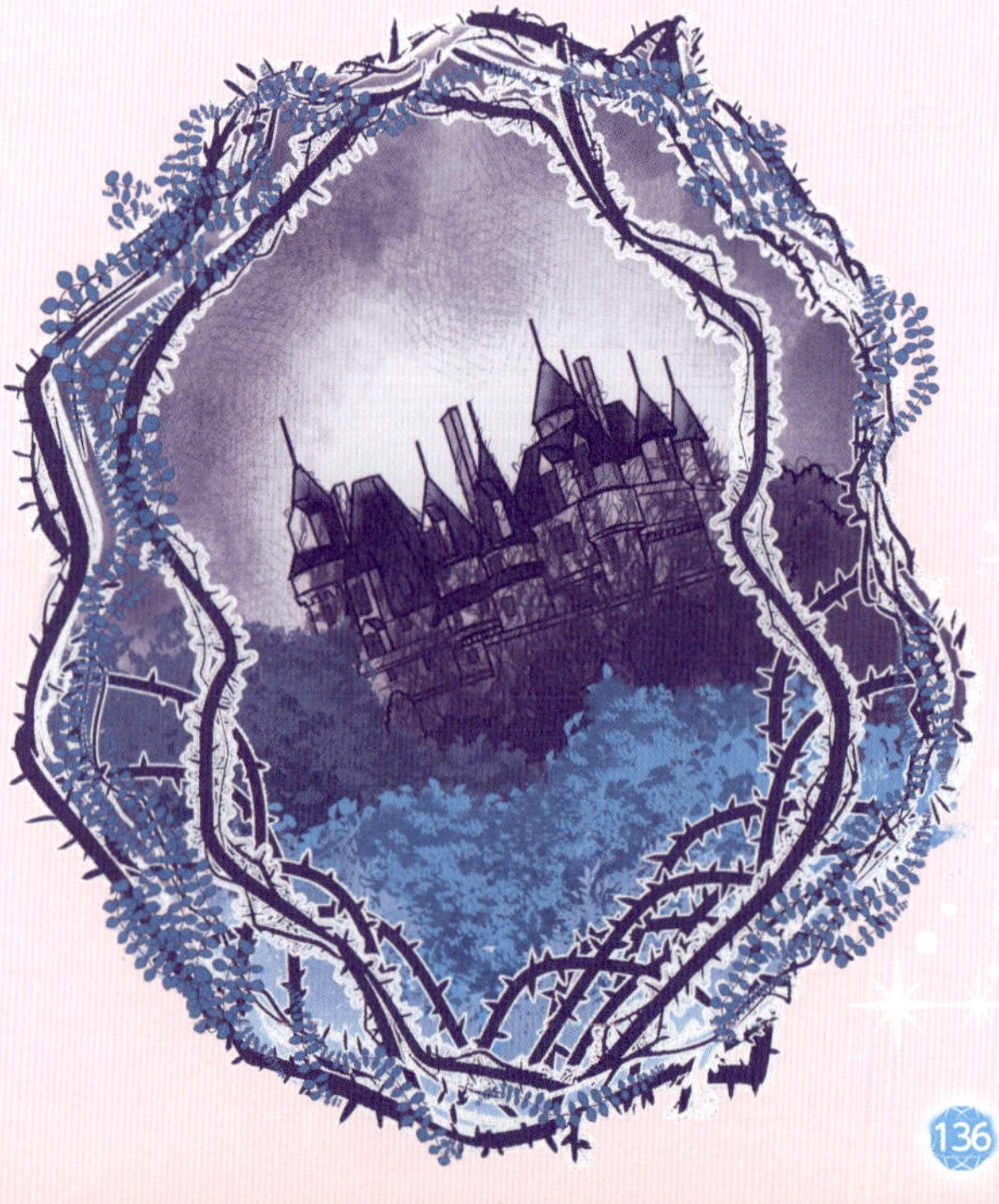

それでも、王子《おうじ》は歩《あゆ》みをとめようとはしません。まだ見《み》ぬおひめさまへの恋心《こいごころ》が、彼《かれ》に勇気《ゆうき》をあたえていたのです。

王子《おうじ》がたった一人《ひとり》で、お城《しろ》の前庭《まえにわ》までたどり着《つ》いたとき、あまりのきみょうな光景《こうけい》に、全身《ぜんしん》がこおりつきそうになりました。

静《しず》まりかえった空間《くうかん》のなかで、まるで死《し》んでいるように人々《ひとびと》や動物《どうぶつ》たちがあちこちに横《よこ》たわっていたのです。

(何《なん》なんだ、これは?)

しかし、勇気《ゆうき》を出《だ》してよくよく見《み》てみると、みなねむっているだけでした。

王子《おうじ》は気《き》を取《と》り直《なお》して、さらにおくへと進《すす》みます。

大理石《だいりせき》がしきつめられた広場《ひろば》を横切《よこぎ》り、階段《かいだん》をのぼってある部屋《へや》に入《はい》ると、そこでは兵隊《へいたい》たちが整列《せいれつ》して銃《じゅう》をかたにかけたまま、いびきをかいてねむっていました。

また別《べつ》の部屋《へや》では、貴族《きぞく》や貴婦人《きふじん》たちが大勢《おおぜい》いて、立《た》ったまま、もしくは座《すわ》ったままでねむりこけていました。

そして、王子《おうじ》はとうとう、黄金色《こがねいろ》にかがやく寝室《しんしつ》を見《み》つけたのです。

金銀《きんぎん》のししゅうをほどこしたごうかなベッドには、十五《じゅうご》、六歳《ろくさい》に見《み》えるむすめが、かがやくばかりの美《うつく》しい姿《すがた》でねむっていました。

「ああ、何《なん》て美《うつく》しい！」

王子《おうじ》は、喜《よろこ》びと感動《かんどう》にふるえながら、ゆっくりとすいこまれるようにベッドのそばへ歩《あゆ》み寄《よ》り、ひざまずきました。

「この女性《じょせい》こそ、世界《せかい》でいちばん美《うつく》しいおひめさまにちがいない！」

するとどうでしょう。おひめさまは長《なが》いねむりから、ついに目《め》を覚《さ》ましたのです。

おひめさまは、そばにいた王子《おうじ》に気《き》がつき、すぐに言《い》いました。

「あなたがわたしの王子《おうじ》さまですか？　ずっとお待《ま》ちしておりました。」

おひめさまのまなざしは、初《はじ》めて会《あ》ったとは思《おも》えないほどやさしく、親《した》しみの感《かん》じられるものでした。

王子《おうじ》は、おひめさまの言葉《ことば》と、その上品《じょうひん》な言《い》い方《かた》にすっかりみせられ、胸《むね》がいっぱいになりました。愛《あい》する女性《じょせい》はこの人《ひと》しかいないと思《おも》ったのです。

あふれる自分《じぶん》の想《おも》いをどう表現《ひょうげん》したらよいかわからず、言葉《ことば》をつまらせながら、

「ああ、わたしはすっかり、あ、あなたに夢中《むちゅう》になっております。あなたを、あなたさまを……心《こころ》から愛《あい》しています。」

と言《い》いました。

それは、おせじにも立派《りっぱ》とは言《い》えないほど、たどたどしい言《い》い方《かた》ではありましたが、王子《おうじ》の愛情《あいじょう》のこもった真剣《しんけん》な言葉《ことば》に、おひめさまも胸《むね》をうたれその求愛《きゅうあい》を受《う》け入《い》れました。

ところで、王子《おうじ》がこんなにもドキドキしているのに、おひめさまはすっかり落《お》ち着《つ》いているのはなぜでしょう。実《じっ》は、妖精《ようせい》の魔法《まほう》にはこんなひみつがありました。おひめさまはねむっている間《あいだ》にも、いつかやってくる王子《おうじ》のことを想像《そうぞう》する楽《たの》しみがあたえられていたのです。

夢《ゆめ》のなかで何度《なんど》も練習《れんしゅう》していたから、おひめさまは初《はじ》めて会《あ》う王子《おうじ》に対《たい》しても、堂々《どうどう》とあいさつすることができたのでした。

さて、二人《ふたり》が出会《であ》ってから、もうかれこれ四時間《よじかん》がたとうとしていますが、二人《ふたり》の話《はなし》がつきることはありませんでした。

そうしているうちに、お城《しろ》のなかのありとあらゆる人《ひと》や動物《どうぶつ》やものたちが、目《め》を覚《さ》ましていました。お城《しろ》を守《まも》るようにからみあっていたいばらは、あっという間《ま》に消《き》え、お城《しろ》はあたたかな光《ひかり》につつまれて、かがやいています。

やがて、食事《しょくじ》ができたという知《し》らせを受《う》けて、王子《おうじ》はおひめさまの手《て》を取《と》り、ベッドから起《お》こしました。

おひめさまは、とてもごうかなドレスを着《き》ていましたが、王子《おうじ》の目《め》には、少々時代《しょうしょうじだい》おくれに見《み》えました。まるで、自分《じぶん》のおばあさまのドレスのよう。少《すこ》しびっくりしましたが、何《なに》も言《い》いませんでした。そんなことは気《き》にならないくらい、おひめさまはかがやいていたのですから。おひめさまは、王子《おうじ》に出会《であ》えたうれしさからバラ色《いろ》のほおをより赤《あか》くそめて、花《はな》のように美《うつく》しいのです。

目《め》を覚《さ》ましたおひめさまのお付《つ》きの料理長《りょうりちょう》がごちそうをつくり、鏡《かがみ》の間《ま》で、はなやかなうたげが開《ひら》かれました。

食事《しょくじ》が終《お》わるとすぐに、二人《ふたり》はおひめさまの家来《けらい》たちに祝福《しゅくふく》されながら、お城《しろ》のなかにある礼拝堂《れいはいどう》で結婚式《けっこんしき》をあげました。

おひめさまはとても幸《しあわ》せでした。これからずっと、夢《ゆめ》にまで見《み》た、愛《あい》するすてきな人《ひと》と暮《く》らすことができるのですから――。

物《もの》語《がたり》について知《し》ろう！

語《かた》りつがれてきた民《みん》間《かん》伝《でん》承《しょう》

人々《ひとびと》の間《あいだ》で伝《つた》えられきた昔話《むかしばなし》をペローは取材《しゅざい》し、童話集《どうわしゅう》にまとめて出版《しゅっぱん》しました。

原《げん》作《さく》とバレエのちがい

バレエではひめの名前《なまえ》はオーロラですが、原作《げんさく》には名前《なまえ》が出《で》てきません。また、原作《げんさく》ではひめは100年《ねん》のねむりからひとりでに目覚《めざ》めますが、バレエでは王子《おうじ》のキスで目覚《めざ》めるというロマンティックな演出《えんしゅつ》に変《か》えられています。また、この本《ほん》ではバレエの結末《けつまつ》にあわせてありますが、二人《ふたり》が結婚《けっこん》した後《あと》、人食《ひとく》い鬼《おに》が出《で》てくるなど実《じつ》は続《つづ》きがあります。機会《きかい》があればぜひ読《よ》んでみましょう。

シャルル・ペローについて

1628～1703年《ねん》

フランスのパリ生《う》まれ。作家《さっか》。弁護士《べんごし》の資格《しかく》を持《も》ち、大臣《だいじん》のもとで働《はたら》きましたが、晩年《ばんねん》に作家活動《さっかかつどう》を始《はじ》めました。

お城《しろ》のそばで暮《く》らして

学生時代《がくせいじだい》にロワール川流域《がわりゅういき》の古《ふる》いお城《しろ》がたくさんある地域《ちいき》で生活《せいかつ》していたため、この物《もの》語《がたり》のお城《しろ》のモデルにしたと考《かんが》えられています。

その他《ほか》の作《さく》品《ひん》

同《おな》じく『童話集《どうわしゅう》』(1697)
にふくまれる
「赤《あか》ずきん」
「サンドリヨン」(シンデレラ)
など

＜参考文献《さんこうぶんけん》＞
・『眠《ねむ》れる森《もり》の美女《びじょ》 シャルル・ペロー童話集《どうわしゅう》』
村松《むらまつ》 潔《きよし》 訳《やく》、新潮文庫《しんちょうぶんこ》、2016年《ねん》

白鳥《はくちょう》の湖《みずうみ》

もくじ

登場人物紹介《とうじょうじんぶつしょうかい》

物語《ものがたり》の中心《ちゅうしん》となる2人《ふたり》の登場人物《とうじょうじんぶつ》です。

朝《あさ》から夜《よる》になるまで白鳥《はくちょう》の姿《すがた》をしている。オデットと同《おな》じ王冠《おうかん》をつけている。

オデット

ヨーロッパのとある国《くに》の王《おう》女《じょ》。悪魔《あくま》のロットバルトののろいで白鳥《はくちょう》に姿《すがた》を変《か》えられてしまった。のろいを解《と》いてくれる男性《だんせい》が現《あらわ》れるのを待《ま》っている。

ジークフリート王子《おうじ》

21歳《さい》の誕生日《たんじょうび》をむかえる。まだ結婚《けっこん》はせず、自由《じゆう》に遊《あそ》んでいたいと思《おも》っている普通《ふつう》の青《せい》年《ねん》。狩《か》りをしようとして湖《みずうみ》に行《い》くと、かがやくように美《うつく》しい白鳥《はくちょう》を見《み》つけ心《こころ》ひかれる。

第《だい》1章《しょう》 ジークフリートの誕《たん》生《じょう》日《び》

これはむかしむかし、ヨーロッパにあった小《ちい》さな王国《おうこく》での物語《ものがたり》です。

山《やま》の上《うえ》のお城《しろ》では、その日《ひ》二十一歳《にじゅういっさい》の誕生日《たんじょうび》をむかえたジークフリート王子《おうじ》のお祝《いわ》いが盛大《せいだい》に行《おこな》われていました。

緑《みどり》のしばふが美《うつく》しく広《ひろ》がる中庭《なかにわ》に用意《ようい》されたテーブルには、ごちそうやワインがたくさんならんでいます。ジークフリートの友《とも》だち、近《ちか》くの村《むら》の若《わか》いむすめたち、それから家庭教師《かていきょうし》の先生《せんせい》もまじって、ゆかいなときを過《す》ごしていました。パーティーを盛《も》り上《あ》げるためにまねかれた道化師《どうけし》は、おかしなしぐさでみんなを笑《わら》わせています。

「さあ、もう一度《いちど》ジークフリート王子《おうじ》にかんぱいしよう！」

「お誕生日《たんじょうび》おめでとうございます！」

何度目《なんどめ》かのかんぱいが終《お》わると、楽隊《がくたい》が音楽《おんがく》を演奏《えんそう》し始《はじ》めました。

「さあ、おどろう！」

ジークフリートもむすめの手《て》を取《と》ってダンスを始《はじ》めました。しかし、最高《さいこう》に幸《しあわ》せでゆかいなパーティーのさなか、ジークフリートの心《こころ》には暗《くら》いかげがさしていたのです。

（今日《きょう》でぼくも二十一歳《にじゅういっさい》になった。この国《くに》では一人前《いちにんまえ》の大人《おとな》と認《みと》められる年《とし》だ。）

ジークフリートの父《ちち》である王《おう》は、すでに亡《な》くなっていました。国《くに》の人々《ひとびと》は、ジークフリートが新《あたら》しい王《おう》となって国《くに》を治《おさ》めることを期待《きたい》しているのです。

ジークフリートは美《うつく》しく、みんなに好《す》かれる心《こころ》やさしい青年《せいねん》に成長《せいちょう》しました。いずれ国王《こくおう》になるために一生懸命勉強《いっしょうけんめいべんきょう》もしてきました。けれど、まだ政治《せいじ》に興味《きょうみ》はなく、友《とも》だちと狩《か》りに行《い》って遊《あそ》ぶのがいちばん楽《たの》しい、ふつうの若者《わかもの》なのです。

そのとき、みんながざわめきました。ジークフリートの母《はは》である王妃《おうひ》が現《あらわ》れたからです。王妃《おうひ》は、こうしたパーティーに顔《かお》を出《だ》すことはめったにありませんでしたので、みんなはダンスをやめ、きんちょうして王妃《おうひ》に視線《しせん》を注《そそ》ぎました。

「ジークフリート、お誕生日《たんじょうび》おめでとう。これはわたしからのプレゼントですよ。」

「何《なん》て立派《りっぱ》な弓《ゆみ》だろう。ありがとう！」

ジークフリートは王妃《おうひ》にキスをしました。王妃《おうひ》は笑《え》みをうかべましたが、急《きゅう》に少《すこ》しきびしい顔《かお》つきになりました。

「立派《りっぱ》な大人《おとな》になったあなたに、一《ひと》つお願《ねが》いがあります。明日《あした》の舞踏会《ぶとうかい》で、結婚相手《けっこんあいて》を決《き》めてきさきをむかえてほしいのです。」

「ぼくが結婚《けっこん》を!?　まだ早《はや》すぎますよ。」

しかし、王妃《おうひ》はまるで取《と》りあいませんでした。

「いつまでも子《こ》どものつもりでは困《こま》ります。舞踏《ぶとう》会《かい》には、美《うつく》しい六人《ろくにん》のおひめさまを招待《しょうたい》してありますから、きっと気《き》に入《い》る人《ひと》が見《み》つかるはずですよ。きさきをむかえて、わたしや国民《こくみん》を安心《あんしん》させてください。それがあなたのつとめなんですよ。」

ジークフリートはうなずくよりほかにありませんでした。

第《だい》2章《しょう》

湖水《こすい》のオデットひめ

夕方《ゆうがた》になりパーティーが終《お》わると、ジークフリートは森《もり》へと狩《か》りに出《で》ました。やってきたのはお城《しろ》のまわりにある深《ふか》い森《もり》の、さらに向《む》こうにある湖《みずうみ》。そこには、白鳥《はくちょう》の群《む》れがいるといううわさですが、ジークフリートは一度《いちど》も来《き》たことがありませんでした。

（明日《あした》の舞踏会《ぶとうかい》のことは忘《わす》れて、せめて今夜《こんや》は楽《たの》しく過《す》ごそう。）

ジークフリートが一人《ひとり》、湖《みずうみ》のほとりに立《た》っていると、空《そら》から白鳥《はくちょう》の群《む》れが飛《と》んできて水面《すいめん》におり立《た》ちました。

その美《うつく》しさに、ジークフリートは弓矢《ゆみや》を構《かま》えるのも忘《わす》れて見入《みい》っていました。ジークフリートは、なかでもひときわ美《うつく》しい白鳥《はくちょう》に心《こころ》をうばわれました。

かがやくように白《しろ》い羽《はね》も、すんだひとみも白鳥《はくちょう》とは思《おも》えないほどの気《き》品《ひん》にあふれ……おまけに頭《あたま》に小《ちい》さな金《きん》のかんむりを乗《の》せているのです。

（この白鳥《はくちょう》は、仲間《なかま》たちの女王《じょおう》なのかな。）

しばらくぼんやりしていたジークフリートは、ふと木立《こだち》のなかに一人《ひとり》のむすめがいるのに気《き》づきました。白《しろ》いふんわりとしたドレスのシルエットや、そのたたずまいはどこか白鳥《はくちょう》を思《おも》わせました。しかも、頭《あたま》にはあの白鳥《はくちょう》と同《おな》じかんむりを乗《の》せています。

ジークフリートが思《おも》わずむすめのほうに足《あし》を向《む》けると、むすめはおどろいて逃《に》げようとしました。ジークフリートはあわてて地面《じめん》に弓矢《ゆみや》をすてて言《い》いました。

「行《い》かないで。ぼくは森《もり》の向《む》こうの城《しろ》の王子《おうじ》、ジークフリートだ。あなたは？」

むすめは、オデットと名乗《なの》りました。

「**わたくしは遠《とお》い国《くに》の王女《おうじょ》で、ここにいる白鳥《はくちょう》はわたくしの侍女《じじょ》たちです。**悪魔《あくま》のロットバルトにのろいをかけられて、白鳥《はくちょう》の姿《すがた》に変《か》えられてしまいました。こうして人間《にんげん》の姿《すがた》にもどることができるのは夜《よる》の間《あいだ》、この岸辺《きしべ》でだけなのです。」

ふと見《み》ると、侍女《じじょ》だという白鳥《はくちょう》たちが、みるみる若《わか》いむすめの姿《すがた》に変《か》わっていき

ます。

「故郷《こきょう》の国《くに》にも帰《かえ》れず、両親《りょうしん》はどんなに心配《しんぱい》しているか……。」

そのとき、バサバサッと音《おと》がして黒《くろ》いものが二人《ふたり》の頭上《ずじょう》に現《あらわ》れました。

「うわっ！」

真《ま》っ黒《くろ》なフクロウがおどかすように、ジークフリートの頭《あたま》をかすめて飛《と》んでいきました。

「あれはフクロウに変身《へんしん》したロットバルトです。」

オデットはささやきました。

「ロットバルトは、昼《ひる》も夜《よる》もわたくしたちを見張《みは》っているんです。」

ジークフリートは飛《と》び去《さ》っていくフクロウをにらみつけると、弓矢《ゆみや》を手《て》に取《と》り、さけびました。

「ぼくがあいつを殺《ころ》してやる！」

「だめです！　ロットバルトは魔法《まほう》で自分《じぶん》の命《いのち》とわたくしの命《いのち》をつなぎ合《あ》わせています。ロットバルトが死《し》んだら、わたくしも死《し》んでしまいます。」

オデットを見《み》つめるとジークフリートの心臓《しんぞう》はドキドキと高鳴《たかな》りました。こんな気《き》持《も》ちになったのは生《う》まれて初《はじ》めてでした。

「のろいを解《と》く方法《ほうほう》は……あなたを助《たす》ける方法《ほうほう》はないんですか？」

「一《ひと》つだけあります。それは、わたくしのことを心《こころ》から愛《あい》してくれる……永遠《えいえん》の愛《あい》をちかいあえる相手《あいて》が現《あらわ》れることです。」

ジークフリートはオデットの手《て》をそっとにぎりしめながら、こう言《い》いました。

「それなら、簡単《かんたん》だ！　ぼくはもう、あなたを愛《あい》しているから……。」

「でも、永遠《えいえん》に続《つづ》く愛《あい》でなければ、のろいは解《と》けないんですよ。」

オデットはほおを赤《あか》くそめて答《こた》えました。

「ぼくは明日《あした》の舞踏会《ぶとうかい》で、おきさきを決《き》めることになっている。その場《ば》であなた以外《いがい》の人《ひと》を選《えら》ぶことはないと証明《しょうめい》してみせます。ぼくを信《しん》じてください。」

いつの間《ま》にか、空《そら》は白《しら》み始《はじ》めていました。

「いけない、もう夜《よる》が明《あ》けるわ。わたくしはまた白鳥《はくちょう》にもどってしまいます。」

「明日《あした》の晩《ばん》、必《かなら》ずここへ来《く》るから。待《ま》っていてください！」

ジークフリートはそうさけぶと、別《わか》れをつらく思《おも》い、なみだをこらえました。そして、オデットをぎゅっとだきしめ、湖《みずうみ》を後《あと》にしました。

第《だい》3章《しょう》 ちかいの言葉《ことば》

次《つぎ》の日《ひ》の晩《ばん》、お城《しろ》の大広間《おおひろま》で舞踏会《ぶとうかい》が開《ひら》かれました。招待《しょうたい》されたのは、スペイン、ハンガリー、ナポリ、ポーランドといった王国《おうこく》の六人《ろくにん》のおひめさまたち。みなきらびやかなドレスに身《み》を包《つつ》み、ジークフリートにかわるがわるあいさつをしました。

「さあ、ジークフリート。ダンスのお相手《あいて》をするのですよ。」

舞踏会《ぶとうかい》では各国《かっこく》のさまざまなダンスがくり広《ひろ》げられます。スペインのダンスは情熱的《じょうねつてき》で人々《ひとびと》をひきつけ、ハンガリーは、はやいテンポで楽《たの》しいダンス。ナポリのダンスはタンバリンのリズムが陽気《ようき》で明《あか》るく、ポーランドのダンスは優美《ゆうび》でしなやかです。

ジークフリートはしぶしぶひめたちとおどりますが、やはり心《こころ》のなかはオデット

のことでいっぱいです。

ダンスが終《お》わると、ジークフリートは王《おう》妃《ひ》にはっきりとこう言《い》いました。

「どの方《かた》もすばらしいけれど、ぼくはだれとも結婚《けっこん》するつもりはありません。」

「何《なん》ですって？」

大広間《おおひろま》の入《い》り口《ぐち》に新《あたら》しい客《きゃく》が現《あらわ》れたのは、そのときです。黒《くろ》いマントを着《き》こんだ貴族《きぞく》が、黒《くろ》いドレスのひめを連《つ》れ立《だ》っていました。その美《うつく》しさは、まるで黒鳥《こくちょう》のようです。

貴族《きぞく》の男《おとこ》は礼儀正《れいぎただ》しくこう言《い》いました。

「わたしどもは招待《しょうたい》を受《う》けておりませんが、

ぜひ舞踏会《ぶとうかい》に参加《さんか》させていただきたいと思《おも》ってまいったのでございます。」

王妃《おうひ》が許可《きょか》すると、黒《くろ》いドレスのひめがジークフリートの前《まえ》に歩《あゆ》み出《で》たのです。

（オデットだ！）

ジークフリートは、どうして舞踏会《ぶとうかい》にオデットが現《あらわ》れたのかと不思議《ふしぎ》に思《おも》いましたが、オデットに会《あ》えたうれしさから、黒《くろ》いドレスを着《き》ていても気《き》にもとめず、ひめの手《て》を取《と》っておどり始《はじ》めました。

「オデット。よく来《き》てくれたね！」

じつは、貴族《きぞく》の正体《しょうたい》は悪魔《あくま》のロットバル

トでした。ひめはロットバルトのむすめ、オディールなのですが、ひめの顔《かお》はオデットそっくりでしたから、ジークフリートはすっかりオデットだと信《しん》じこんでいます。

「母上《ははうえ》。ぼくはこのオデットひめをきさきにむかえることにします。」

王妃《おうひ》は喜《よろこ》んで、二人《ふたり》の婚約《こんやく》を認《みと》めました。祝福《しゅくふく》の歓声《かんせい》にわきかえるなか、ロットバルトがジークフリートに近寄《ちかよ》って声《こえ》をかけました。

「ジークフリートさま。わがむすめにちかいの言葉《ことば》をいただけますか?」

「もちろんです。ぼくは今《いま》、ひめに永遠《えいえん》の愛《あい》をちかいます!」

次《つぎ》の瞬間《しゅんかん》、大広間《おおひろま》じゅうに本性《ほんしょう》を現《あらわ》したロットバルトの高笑《たかわら》いがひびきわたりました。

「ハハハハ! まんまとだまされたな、それはわたしのむすめ、オディールだ!」

ハッとして見《み》ると、ジークフリートのうでのなかのひめは、今《いま》ではオデットとは似《に》ても似《に》つかない表情《ひょうじょう》に変《か》わり、ずるそうな笑《わら》いをうかべていました。

おそろしい雷《かみなり》がひびきわたり、顔《かお》を上《あ》げたジークフリートは、窓《まど》の向《む》こうで一羽《いちわ》の白鳥《はくちょう》が必死《ひっし》に羽《は》ばたいているのに気《き》づきました。オデットが様子《ようす》を見《み》に来《き》ていたのです。

白鳥《はくちょう》の姿《すがた》をしたオデットは、窓《まど》のところで頭《あたま》をもたげ悲《かな》しみなげいていました。

そのときにようやく、ジークフリートは愛《あい》のちかいを立《た》てる相手《あいて》をまちがってしまったのだと気《き》づいたのです。

「くっ。ぼくがばかだった……。何《なん》ていうことをしてしまったんだ！」

そう気《き》づいたときにはもうおそく、白鳥《はくちょう》は湖《みずうみ》のほうへ飛《と》び去《さ》ってしまいました。

ロットバルトとオディールも意地悪《いじわる》い笑《え》みをうかべたまま、夜《よる》のやみにまぎれて消《き》えてしまいました。

（約束《やくそく》をやぶってしまったが、何《なん》とかオデットを救《すく》いたい！）

ジークフリートは大広間《おおひろま》を出《で》ると、湖《みずうみ》を目指《めざ》して一目散《いちもくさん》に走《はし》り出《だ》しました。

第《だい》4章《しょう》

永《えい》遠《えん》の愛《あい》

ジークフリートが湖《みずうみ》に着《つ》いたとき、あたりは暗《くら》やみにおおわれていました。岸辺《きしべ》では、人間《にんげん》の姿《すがた》にもどった侍《じ》女《じょ》たちが、しょんぼりして帰《かえ》ってきたオデットを心配《しんぱい》そうにかこんでいます。

「オデット！」

ジークフリートはオデットにかけ寄《よ》り、強《つよ》くだきしめました。

「すまなかった。まんまとロットバルトのわなにはまってしまって……。」

オデットはなみだにぬれた青《あお》いひとみでジークフリートを見上《みあ》げました。

「いいえ、しかたがなかったのよ。」

「信《しん》じてほしい。ぼくが愛《あい》しているのはオデット、あなただけだ。」

ジークフリートは真剣《しんけん》なまなざしでオデットを見《み》つめました。

「はい。信《しん》じます。こうしてまた会《あ》いに来《き》てくれたあなたの愛《あい》を……。」

オデットは、ジークフリートの胸《むね》に顔《かお》をうずめました。かたくだきあった二人《ふたり》は、お互《たが》いの愛情《あいじょう》をひしひしと感《かん》じていました。

「でも、のろいが解《と》けることがなくなって、あなたと結《むす》ばれることもできない以上《いじょう》、わたくしは生《い》きていたいとは思《おも》いません。わたくしは命《いのち》を絶《た》ちます。そうすれば、あのにくらしいロットバルトも死《し》ぬのですから。」

「ならば、ぼくもあなたといっしょに死《し》のう。それがぼくの愛《あい》のあかしだ！」

そのとき、にわかに月《つき》が黒《くろ》い雲《くも》にかくれ、激《はげ》しいあらしがふきあれ始《はじ》めました。

「ロットバルトだ！」

真《ま》っ黒《くろ》なフクロウが舞《ま》いおり、オデットとジークフリートの間《あいだ》にむりやり割《わ》って入《はい》ったのです。

「オデット、そんな勝手《かって》なことは許《ゆる》さんぞ！　ジークフリート、おまえはさっさと城《しろ》に帰《かえ》れ。約束通《やくそくどお》りオディールと結婚《けっこん》してもらうからな！」

ロットバルトは、ジークフリートにおそいかかりました。ジークフリートも剣《けん》を

ぬいて必死《ひっし》に戦《たたか》いました。

「相手《あいて》が悪魔《あくま》だろうが、知《し》ったことか。ぼくは、初《はじ》めて自分《じぶん》よりも大切《たいせつ》な人《ひと》に出《で》会《あ》ったんだ。ぼくらの愛《あい》は、悪魔《あくま》にだってじゃまをすることはできない！」

ジークフリートはうでに食《く》いこむロットバルトのかぎづめをはがすと、力《ちから》まかせにふりはらいました。ロットバルトがはね飛《と》ばされ、一瞬《いっしゅん》ひるんだすきにジークフリートはオデットの手《て》をつかんで走《はし》り出《だ》しました。

「オデット！」

「ジークフリート！」

二人《ふたり》は湖《みずうみ》に向《む》かって走《はし》りました。

**「ぼくの愛《あい》は永遠《えいえん》にあなたのものだ。

ずっといっしょにいてください。」**

「わたくしも永遠《えいえん》にあなたのおそばにいたいです……。」

ジークフリートとオデットはおたがいのひとみのなかに、燃《も》える愛《あい》のほのおを見《み》ました。二人《ふたり》はかたくだきしめあうと、ためらうことなく湖《みずうみ》に身《み》を投《な》げました。

「何《なに》をする……！」

ロットバルトはあわてて追《お》いかけまし

たが、間《ま》に合《あ》いません。

「う、うう……苦《くる》しい……。」

魔法《まほう》によってオデットの命《いのち》とつながっているロットバルトは、オデットが死《し》ぬと同時《どうじ》に苦《くる》しみ始《はじ》めました。ロットバルトは魔法使《まほうつか》いの姿《すがた》にもどって、のたうち回《まわ》り、やがてその体《からだ》はぴたりと動《うご》かなくなりました。

やがて、あらしはうそのようにやみ、さわやかな朝《あさ》が訪《おとず》れました。

一部始終《いちぶしじゅう》を息《いき》をのんで見《み》つめていた侍女《じじょ》たちは、オデットとジークフリートの死《し》を悲《かな》しみましたが、そのうちの一人《ひとり》が空《そら》を指《ゆび》さしました。

「あれを見《み》て……！」

そこには朝《あさ》の光《ひかり》のなか、かたくだきあって、ゆっくりと天《てん》にのぼっていく幸福《こうふく》に満《み》ちた二人《ふたり》の姿《すがた》があったのです。

その姿《すがた》を見《み》て、侍女《じじょ》たちはみな、温《あたた》かななみだでほおをぬらしました。

そして、朝《あさ》になっても自分《じぶん》たちが白鳥《はくちょう》の姿《すがた》にならないことに気《き》づきました。もういまわしい悪魔《あくま》ののろいは解《と》けたのです。

「オデットさま、ジークフリートさま。お幸《しあわ》せに……。」

のろいから解放《かいほう》された侍女《じじょ》たちは、二人《ふたり》が幸《しあわ》せに結《むす》ばれることを手《て》をあわせていのりました。

永遠《えいえん》に続《つづ》く二人《ふたり》の愛《あい》が、おそろしい魔法《まほう》に打《う》ち勝《か》ち、森《もり》には本物《ほんもの》の白鳥《はくちょう》たちが集《つど》うおだやかな湖《みずうみ》がもどりました。

やがて、この湖《みずうみ》は白鳥《はくちょう》の湖《みずうみ》と呼《よ》ばれるようになったのです。

愛《あい》をつらぬいた二人《ふたり》は天上《てんじょう》の世界《せかい》で、いつまでも幸《しあわ》せに暮《く》らしました。

物語《ものがたり》について知《し》ろう！

もっとも有名《ゆうめい》なバレエ

「白鳥《はくちょう》の湖《みずうみ》」は、「ねむれる森《もり》の美女《びじょ》」、「くるみわり人形《にんぎょう》」とならび、有名《ゆうめい》な音楽家《おんがくか》のチャイコフスキーが作曲《さっきょく》した3大《だい》バレエの一《ひと》つで、とくに有名《ゆうめい》な作品《さくひん》です。ムゼーウスの童話《どうわ》『奪《うば》われたヴェール』をもとにしたバレエのための物語《ものがたり》です。台本はベギチェフとゲリツェルが書きました。

二《ふた》つの物語《ものがたり》の結末《けつまつ》

二人《ふたり》が湖《みずうみ》に身《み》を投《な》げる悲《かな》しい結末《けつまつ》とは別《べつ》に、ロットバルトをたおして幸《しあわ》せになるというハッピーエンドも後《のち》に上演《じょうえん》されるようになりました。

チャイコフスキーについて

1840～1893年《ねん》

ロシアのウラル地方《ちほう》生《う》まれ。子《こ》どものころから音楽《おんがく》の才能《さいのう》が豊《ゆた》かで音楽家《おんがくか》になる夢《ゆめ》を持《も》っていました。バレエ音楽《おんがく》やオペラなど多《おお》くの楽曲《がっきょく》を生《う》みだしました。

夢《ゆめ》をかなえて

生活《せいかつ》のために法律《ほうりつ》の仕事《しごと》をしていましたが、夢《ゆめ》をあきらめられず20歳《さい》をすぎて音楽学校《おんがくがっこう》に入《はい》りました。努力《どりょく》して夢《ゆめ》だった音楽《おんがく》の道《みち》に進《すす》み、多《おお》くの名作《めいさく》を残《のこ》しました。

その他《ほか》の作品《さくひん》

・交響曲第六番《こうきょうきょくだいろくばん》『悲愴《ひそう》』(1893)
・オペラ「エフゲニー・オネーギン」(1879)

＜参考文献《さんこうぶんけん》＞
・『白鳥《はくちょう》の湖《みずうみ》―バレエ名作物語《めいさくものがたり》』宮路真知子《みやじまちこ》訳《やく》、講談社青い鳥文庫《こうだんしゃあおいとりぶんこ》、1996年《ねん》
・『バレエものがたり』神戸万知《こうべまち》訳《やく》、岩波少年文庫《いわなみしょうねんぶんこ》、2011年《ねん》

くるみわり人形《にんぎょう》とねずみの王《おう》さま

もくじ

登場《とうじょう》人物《じんぶつ》紹介《しょうかい》

物語《ものがたり》の中心《ちゅうしん》となる３人《にん》の登場人物《とうじょうじんぶつ》です。

マリー

活発《かっぱつ》で素直《すなお》な７歳《さい》の女《おんな》の子《こ》。楽《たの》しい物語《ものがたり》や人形《にんぎょう》が大好《だいす》き。不思議《ふしぎ》なできごとをうそではないと信《しん》じている。

くるみわり人形《にんぎょう》

クリスマスにプレゼントされたお人形《にんぎょう》。くるみのかたいからをわることができる。人形《にんぎょう》なのにまるで生《い》きているかのようなしぐさを見《み》せることが…!?

ドロッセルマイアーおじさん

マリーたちきょうだいの名《な》づけ親《おや》。判事《はんじ》。変《か》わった見《み》た目《め》をしている。細工《さいく》のおもちゃをつくって持《も》ってきてくれる。不思議《ふしぎ》なお話《はなし》をたくさん知《し》っている。

第《だい》1章《しょう》 クリスマスのおくりもの

今日《きょう》は十二月《じゅうにがつ》二十四日《にじゅうよっか》、クリスマス・イブ。
今日《きょう》は特別《とくべつ》な日《ひ》ですから、すっかり夜《よる》になるまで子《こ》ども部屋《べや》で待《ま》っているのよ。
はーい！
マリー
フリッツ
ねえ
もうずいぶん暗《くら》くなってきたわ。それなのに、だれもあかりを持《も》ってきてくれないなんて……。
みんな、何《なに》をしているのかしら？

あの部屋《へや》ではね、朝《あさ》からガサゴソと物音《ものおと》がしていたよ。

それから、さっきは黒《くろ》い服《ふく》を着《き》た人《ひと》がこそこそろうかを歩《ある》いていったんだ。

たぶん、ドロッセルマイアーおじさんさ。大《おお》きな箱《はこ》をかかえていたよ。

それ、本当!?

プレゼントを持《も》ってきてくださったんだわ、きっと!

ドロッセルマイアーおじさんは、裁判所《さいばんしょ》のえらい*判事《はんじ》で、フリッツとマリーの名《な》づけ親《おや》でした。

右目《みぎめ》に黒《くろ》い眼帯《がんたい》をし、つるつるの頭《あたま》には白《しろ》いかつらをかぶっているという、ちょっと変《か》わった姿《すがた》をしていましたが、
二人《ふたり》ともこのおじさんが大好《だいす》きなのです。


*判事《はんじ》……裁判《さいばん》で罪《つみ》の重《おも》さなどを決《き》める人《ひと》。

わくわく
おじさん、今年《ことし》はどんな*細工《さいく》をつくってくれたのかしら？

おじさんはとても器用《きよう》な人《ひと》で、時計《とけい》のような細《こま》かい機械《きかい》を組《く》み立《た》てるのも、簡単《かんたん》にやってのけます。

とくにクリスマスのときには、いつにもまして手間《てま》ひまかけた細工《さいく》をつくってきてくれるのです。

きっと、とりでの模型《もけい》さ。なかでは、立派《りっぱ》な兵隊《へいたい》が行進《こうしん》してるんだ。

ちがうわ。美《うつく》しい庭園《ていえん》よ！湖《みずうみ》の上《うえ》に白鳥《はくちょう》が泳《およ》いでいるの。

マリー、いくらおじさんでも庭園《ていえん》はつくれないよ。

フリッツ！マリー！

広間《ひろま》へいらっしゃい
はい！お姉《ねえ》さま。

ルイーザ

＊細工《さいく》……手先《てさき》を使《つか》ってつくった細《こま》かいしかけやかざりがあるもの。

たっ
まあ、すてき！
すごい！
さあ お待《ま》ちどうさま。イエスさまからのおくりものがあるわよ。

まぁ！何《なん》てかわいいお人形《にんぎょう》。
こっちは、おままごとの道具《どうぐ》だわ。
わぁっ
すてきなドレス！これ、着《き》てもいいの？
たっ
さあ、今度《こんど》は絵本《えほん》かな？
チリンチリン

あ！
おじさんの番《ばん》だわ！
わっ
ようやく来《き》たな、子《こ》どもたち。
す…っ
わあああっ
おじさん、ぼくもお城《しろ》のなかへ入《はい》ってみたいな。
それは無理《むり》だよ。お城《しろ》はきみより小《ちい》さいからね。
じゃあ、あのマントの人《ひと》をみんなといっしょに動《うご》くようにして。
それがだめなら、おどっている子《こ》どもたちをここへおろして。もっとそばで見《み》たいんだ。

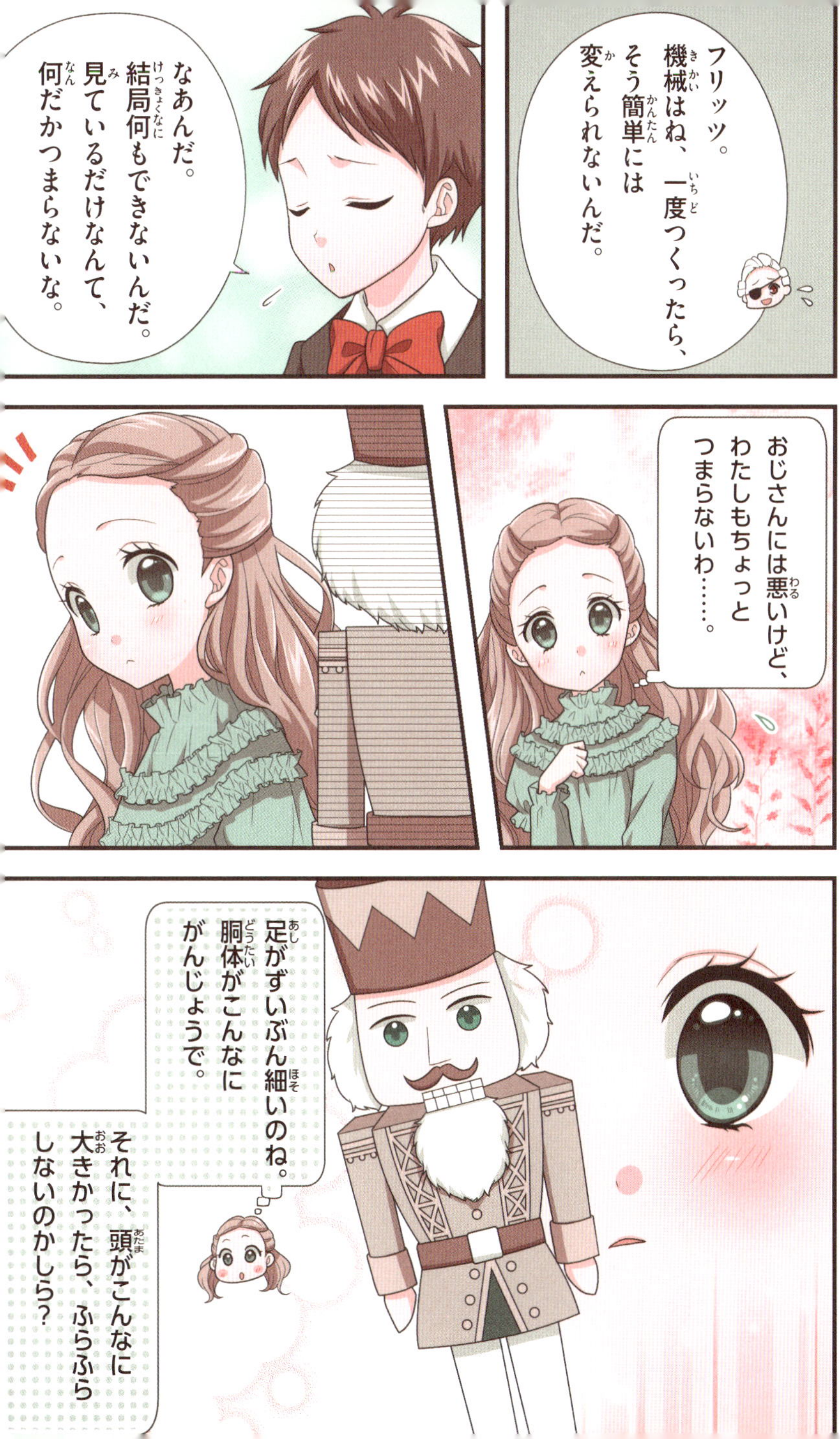
フリッツ。機械《きかい》はね、一度《いちど》つくったら、そう簡単《かんたん》には変《か》えられないんだ。
なあんだ。結局《けっきょく》何《なに》もできないんだ。見《み》ているだけなんて、何《なん》だかつまらないな。
おじさんには悪《わる》いけど、わたしもちょっとつまらないわ……。
足《あし》がずいぶん細《ほそ》いのね。胴体《どうたい》がこんなにがんじょうで。
それに、頭《あたま》がこんなに大《おお》きかったら、ふらふらしないのかしら？

じっ…
わたし、あなたのことがすっかり気《き》に入《い》っちゃったわ。
ねえ、お父《とう》さん。あのお人形《にんぎょう》は、だれへのプレゼントなの？
ああ、あれはね、おまえたちみんなにさ。
くるみを上手《じょうず》にわってくれるんだよ。ほら。
まあ！ あなたは、くるみわり一族《いちぞく》の方《かた》だったのね！
マリーは、くるみわりくんのことがすっかり気《き》に入《い》ったんだね。
では、彼《かれ》の世話《せわ》はマリーにまかせるとしよう。
はいっ！

第《だい》2章《しょう》 ねずみの王《おう》さま

マリーは、さっそく自分《じぶん》でもくるみわり人形《にんぎょう》にくるみをわらせてみました。すると、*騎兵隊《きへいたい》ごっこにくたびれたフリッツもやってきました。

「何《なん》だ、こいつ。ずいぶんへんてこりんな、おちびだなあ。」

フリッツはそう言《い》って笑《わら》いながら、とくに大《おお》きくてかたそうなくるみを人形《にんぎょう》の口《くち》におしこみました。すると、ガリガリッという音《おと》がして、人形《にんぎょう》の歯《は》が二本《にほん》、かけ落《お》ちてしまったのです。そのうえ、下《した》あごもがくがくとゆれているではありませんか。

「お兄《にい》ちゃん、ひどい！」

マリーはおどろいて、急《いそ》いでフリッツの手《て》から人形《にんぎょう》を取《と》りもどしました。

「何《なん》だよ、いいじゃないか。お父《とう》さんだって、みんなのものだって言《い》っただろ！」

*騎兵《きへい》……馬《うま》に乗《の》って戦《たたか》う兵士《へいし》。

そこへ、さわぎを聞《き》きつけたお父《とう》さんとお母《かあ》さん、それにドロッセルマイアーおじさんが集《あつ》まってきました。

マリーは、まず人形《にんぎょう》のこわれた歯《は》を集《あつ》め、それから着《き》がえたばかりのドレスの白《しろ》いリボンをはずし、すっかり青《あお》ざめて見《み》える人形《にんぎょう》のあごに、包帯《ほうたい》のかわりにまいてあげました。

「くるみわりさん、もう大丈夫《だいじょうぶ》ですからね。」

すると、ドロッセルマイアーおじさんが大声《おおごえ》で笑《わら》い出《だ》しました。

「こりゃ、けっさくだ。そのぶかっこうでおちびなやつのことを、そんなに気《き》に

入《い》っているのかい？　こいつがマリーちゃんの王子《おうじ》さまってわけか。」

これには、さすがのマリーもむっとして、言《い》い返《かえ》しました。

「そんなこと言《い》わないで！　おじさんがどんなにおしゃれしたって、くるみわりさんにはかなわないんですからね！　くるみわりさんのほうがすてきなんだから！」

マリーの言葉《ことば》に、今度《こんど》はお父《とう》さんとお母《かあ》さんが笑《わら》い出《だ》しました。でも、ドロッセルマイアーおじさんはこのときなぜか、いっしょになって笑《わら》わずに、じっとマリーとくるみわり人形《にんぎょう》を見《み》つめているだけでした。

それには何《なに》かわけがあるようでしたが、マリーにはわからなかったのです。

さて、マリーの家《いえ》の居間《いま》には、背《せ》の高《たか》いガラスの戸《と》だながあります。子《こ》どもたちは、毎年《まいとし》クリスマスにもらったプレゼントを、このなかにしまっていました。いちばん上《うえ》のたなには、ドロッセルマイアーおじさんの作品《さくひん》がならべられ、そのすぐ下《した》のたなには絵本《えほん》、下《した》の二段《にだん》のたなの上《うえ》のほうはフリッツの騎兵《きへい》たちの宿舎《しゅくしゃ》に、下《した》のほうはマリーの人形《にんぎょう》の部屋《へや》になっていました。マリーごじまんの人形《にんぎょう》の部屋《へや》には、ソファやベッドもあるのです。

「マリー、もう真夜中《まよなか》よ。いいかげんにねむらないと明日起《あしたお》きられませんよ。」

「お母《かあ》さん、お願《ねが》い。ちょっとだけ。どうしてもしたいことがあるの。」

おじさんはいつの間《ま》にか帰《かえ》ってしまって、フリッツも部屋《へや》へともどっていました。

「わかったわ。でも、早《はや》くねむるんですよ。」

お母《かあ》さんがろうそくのあかりを全部消《ぜんぶけ》して居間《いま》を出《で》ていくと、マリーは、くるみわり人形《にんぎょう》をテーブルの上《うえ》にそっと置《お》いて、けがの様子《ようす》を確認《かくにん》しました。人形《にんぎょう》の顔《かお》は青《あお》ざめたままでしたが、痛《いた》みにたえながらもこちらへ向《む》かってほほえんでいるように見《み》えたので、マリーの胸《むね》もきゅっと痛《いた》みました。

「くるみわりさん、お兄《にい》ちゃんがらんぼうをして、ごめんなさいね。欠《か》けた歯《は》は、おじさんにたのんで直《なお》して……。」

そのときです。おじさんの名前《なまえ》を口《くち》にしたとたん、くるみわり人形《にんぎょう》の口《くち》もとがゆがみ、目《め》から緑色《みどりいろ》の光《ひかり》が飛《と》びちったように見《み》えました。マリーは口《くち》をおさえました。

でも、人形《にんぎょう》の顔《かお》は、すぐにまたあの少《すこ》し悲《かな》しそうな笑顔《えがお》にもどっていました。

「びっくりした！　変《へん》ね、すきま風《かぜ》のせいであかりがゆれて、顔《かお》をしかめたように見《み》えたのかしら？　ねえ、くるみわりさん。わたし、あなたのことが大好《だいす》きよ。」

マリーはくるみわり人形《にんぎょう》を戸《と》だなのほうへ連《つ》れていき、ベッドにねかせました。そして、戸《と》だなのかぎをしめ、居間《いま》を出《で》ていこうとしたときです。
だんろのおくから、いすのかげから、そして、戸《と》だなの後《うし》ろからも、何《なに》やらひそひそ、かさこそという小《ちい》さな音《おと》が聞《き》こえ始《はじ》めたのです。さらに、時計《とけい》が、ブー

ンブーンとうなり始《はじ》め、その音《おと》がだんだん大《おお》きくなったかと思《おも》うと、やがてそれがきみょうな歌《うた》のように聞《き》こえてきました。

不気味《ぶきみ》に思《おも》って、にげ出《だ》そうとしたマリーの目《め》に、ドロッセルマイアーおじさんの姿《すがた》がうつりました。帰《かえ》ったはずのおじさんが、時計《とけい》の上《うえ》にいるではありませんか！

マリーは必死《ひっし》になって時計《とけい》にすがりつきながら、半分《はんぶん》なみだ声《ごえ》で言《い》いました。

「何《なに》してるの？　お願《ねが》い、すぐにおりてきて！」

すると今度《こんど》は、かべの向《む》こうを何千《なんぜん》という小《ちい》さな足《あし》が走《はし》りまわるような小《ちい》さな足《あし》音《おと》。と思《おも》っていたら、床板《ゆかいた》のすきまやかべの穴《あな》から、何千《なんぜん》という小《ちい》さな火《ひ》の玉《たま》のような光《ひかり》が見《み》えました。よく見《み》ると、火《ひ》の玉《たま》のようなものはねずみの目《め》です。ねずみたちは、ちょろちょろとゆかに飛《と》び出《だ》してくると、あっという間《ま》に、ぴしっと一列《いちれつ》にならびました。まるで、兵隊《へいたい》たちのようです。

「あら、かわいい。」

マリーがそう言《い》った直後《ちょくご》、おそろしいことが起《お》こりました。キィーッというかん高《だか》い声《こえ》がしたかと思《おも》うと、マリーの足《あし》もとのゆかがメリメリと音《おと》を立《た》てて、もり上《あ》がってきたのです。そして、床板《ゆかいた》が飛《と》びちってぱっくりと開《あ》いた穴《あな》から、かんむりをかぶったねずみの頭《あたま》が一《ひと》つ、二《ふた》つ、三《みっ》つ……全部《ぜんぶ》で七《なな》つ、口々《くちぐち》にチューチューわめきながら出《で》てきました。ところが、このねずみの体《からだ》はたった一《ひと》つしかありません。一《ひと》つの体《からだ》に七《なな》つの頭《あたま》を持《も》つ、怪物《かいぶつ》ねずみが現《あらわ》れたのです。

ねずみの兵隊《へいたい》たちは、王《おう》さまの登場《とうじょう》をたたえた後《あと》、戸《と》だなに向《む》かって行進《こうしん》し始《はじ》めました。マリーはガラスの戸《と》だなの前《まえ》にいましたが、足《あし》がすくんで動《うご》くことができ

ません。心臓《しんぞう》がものすごいいきおいでドキドキしています。

（だれか助《たす》けて！　心臓《しんぞう》が飛《と》び出《だ》して死《し》んじゃいそう！）

そう思《おも》ったとき、とつぜん体《からだ》じゅうの力《ちから》がぬけて、マリーは後《うし》ろによろけてひじが戸《と》だなにぶつかり、ガラスがガシャーンと大《おお》きな音《おと》を立《た》ててこなごなにわれてしまいました。その音《おと》におどろいたのか、あんなにたくさんいたねずみたちがいなくなり、あたりはしんと、静《しず》まりかえっています。

ところが、今度《こんど》は戸《と》だなのなかがさわがしくなってきました。

「みんな、起《お》きて、戦《たたか》いが始《はじ》まるわ。」

と、だれかがささやく声《こえ》が聞《き》こえたかと思《おも》うと、いつの間《ま》にか、戸《と》だなのなかに明《あ》かりがともり、人形《にんぎょう》たちが小《ちい》さなうでをふりながら、行《い》ったり来《き》たりしています。

くるみわり人形《にんぎょう》も起《お》き上《あ》がって、大《おお》きなあごをカタカタ言《い》わせながら、小《ちい》さな剣《けん》をふり上《あ》げると、みんなに大声《おおごえ》で呼《よ》びかけました。

「親愛《しんあい》なるしょくん、この戦《たたか》いに協力《きょうりょく》してくれないか！」

人形《にんぎょう》の部屋《へや》にいた一部《いちぶ》のものたちが、さっそくくるみわり人形《にんぎょう》を閣下《かっか》と呼《よ》び、家《け》来《らい》としてともに戦《たたか》うことをちかいました。くるみわり人形《にんぎょう》は

「いざ、出陣《しゅつじん》！」

とさけぶと、飛《と》び出《だ》していきました。

そのとたん、ねずみたちがまたいっせいに現《あらわ》れ、チューチューさわぎ始《はじ》めました。

もちろん、あの七《なな》つの頭《あたま》を持《も》つ怪物《かいぶつ》ねずみもいます。さあ、いよいよねずみ軍対人形軍《ぐんたいにんぎょうぐん》の戦《たたか》いが始《はじ》まったのです。

くるみわり人形《にんぎょう》の合図《あいず》で、家来《けらい》がたいこをたたくと、戸《と》だなのなかからフリッツの兵隊《へいたい》たちが次々《つぎつぎ》と飛《と》び出《だ》してきました。さらに、重騎兵《じゅうきへい》たちもおりてきて部屋全体《へやぜんたい》に陣取《じんど》ると、最前列《さいぜんれつ》に大砲《たいほう》を引《ひ》き出《だ》してきました。ねずみ軍《ぐん》めがけて続《つづ》けざまに打《う》ちこまれるたまは、砂糖《さとう》をまぶしたえんどうまめや、こしょうをまぶしたくるみです。これは、なかなか効果《こうか》のある攻撃《こうげき》に見《み》えましたが、敵《てき》もさるもの、どんどん人形軍《にんぎょうぐん》のほうへおし寄《よ》せてきます。

さまざまな人形《にんぎょう》たちに、ライオンやオナガザルのぬいぐるみまでまじったごちゃまぜの部隊《ぶたい》が、一進一退《いっしんいったい》のはげしい戦《たたか》いをくり広《ひろ》げます。

「ああ、どうしよう。くるみわりさんは無事《ぶじ》なのかしら?」

マリーは気《き》が気《き》ではありません。

そのとき、ついにくるみわり人形《にんぎょう》が、二人《ふたり》の敵兵《てきへい》に木《き》のマントをつかまれてしまいました。そこへ、勝利《しょうり》を確信《かくしん》した七《なな》つの頭《あたま》を持《も》つねずみの王《おう》さまが口々《くちぐち》にチューチュー言《い》いながら近《ちか》づいていきます。

「やめて！　わたしのくるみわりさんが！」

マリーはもうだまって見《み》ていることができなくなって、泣《な》きながら自分《じぶん》の左《ひだり》のくつをつかむと、ねずみの王《おう》さまがいるほうへ向《む》かって投《な》げつけました。

そのとたん、すべてがけむりのように消《き》え去《さ》り、マリーの左《ひだり》うでに激痛《げきつう》が走《はし》りました。そして、マリーは気《き》を失《うしな》ってしまったのです。

第《だい》3章《しょう》 かたいかたいくるみのお話《はなし》

気《き》がつくと、マリーは自分《じぶん》のベッドの上《うえ》にいました。うでから血《ち》を流《なが》してたおれているところを、様子《ようす》を見《み》にきたお母《かあ》さんに発見《はっけん》されたのです。

マリーはお母《かあ》さんに、人形軍対《にんぎょうぐんたい》ねずみ軍《ぐん》の戦《たたか》いのことを話《はな》しましたが、けがをしたときのショックで、うわごとを言《い》っているのだと思《おも》われてしまいました。そこで、二《に》、三日《さんにち》の間《あいだ》、ベッドにねていることになったのです。

たいくつしていたマリーのもとを、ドロッセルマイアーおじさんが訪《たず》ねてきました。マリーは、あの戦《たたか》いの夜《よる》のことを思《おも》い出《だ》し、大声《おおごえ》で言《い》いました。

「ねえ、おじさん。どうして、あの夜《よる》、時計《とけい》の上《うえ》にいたのに助《たす》けてくれなかったの？」

マリーがおかしくなったのかとお母《かあ》さんがびっくりしていると、ドロッセルマイアーおじさんは急《きゅう》に顔《かお》をしかめ、うなるような声《こえ》で、あの日《ひ》聞《き》こえてきたきみょうな音色《ねいろ》の時計《とけい》の歌《うた》を口《くち》ずさみ始《はじ》めたのです。マリーはこわくなりました。

「これはわたしがつくった『時計《とけい》の歌《うた》』ですよ。」

ドロッセルマイアーおじさんはそう言《い》いながら、ベッドのそばにこしかけると、くるみわり人形《にんぎょう》を取《と》り出《だ》しました。欠《か》けた歯《は》も、がくがくゆれていたあごも、ちゃんと直《なお》っています。

「わあ、おじさん、ありがとう！」

マリーは、さっきドロッセルマイアーおじさんをこわいと思《おも》った気《き》持《も》ちも忘《わす》れて、とてもうれしくなりました。すると、ドロッセルマイアーおじさんがこんなことを言《い》い出《だ》したのです。

「このくるみわり人形《にんぎょう》の一族《いちぞく》が、どうしてこんなにへんてこりんな姿《すがた》をしているのか、知《し》っているかい？　それとももう、ピルリパートひめと魔女《まじょ》のマウゼリンクスと、それから時計《とけい》づくりの名人《めいじん》が出《で》てくるあの話《はなし》を聞《き》いたことがあるかな?」

「いいえ、ないわ。おじさん、お願《ねが》い。その話《はなし》を聞《き》かせて。」

こうして、おじさんはある物語《ものがたり》を話《はな》し始《はじ》めたのです。

ある国《くに》の王《おう》さまとおきさきさまの間《あいだ》に、とても美《うつく》しい女《おんな》の子《こ》が生《う》まれました。王《おう》さまはその子《こ》を、ピルリパートと名《な》づけました。

王室《おうしつ》のだれもがひめの誕生《たんじょう》にうかれているなか、たった一人《ひとり》だけ、そわそわと落《お》ち着《つ》かない人物《じんぶつ》がいました。おきさきさまです。

おきさきさまは、ピルリパートひめのゆりかごのすぐそばに、子守《こも》り役《やく》の女官《にょかん》を二人《ふたり》おき、一瞬《いっしゅん》たりとも目《め》をはなさないように命《めい》じました。そのうえ、ドアのところにも見張《みは》りの家来《けらい》をつけ、夜《よる》になると子守《こも》り役《やく》をさらに六人《ろくにん》増《ふ》やして、ひめのまわりをかこませました。しかも、みょうなことに、この六人《ろくにん》の子守《こも》り役《やく》のひざの上《うえ》に、それぞれおすねこを一《いっ》ぴきずつだかせたのです。

あるとき、王《おう》さまが宮殿《きゅうでん》でとても立派《りっぱ》な*園遊会《えんゆうかい》を開《ひら》いて、あちこちの国《くに》からたくさんの王《おう》さまや王子《おうじ》さまをおまねきしたことがありました。

王《おう》さまは、山《やま》ほど持《も》っているすばらしい財宝《ざいほう》と、おきさきさまがつくるとびきりおいしいソーセージをじまんしたくて、この日《ひ》を楽《たの》しみにしていたのです。

おきさきさまが、ソーセージをつくるために、あぶらみを小《ちい》さなサイコロ状《じょう》に切《き》って銀《ぎん》のあみであぶっていたとき、どこからかささやくような声《こえ》が聞《き》こえてきました。

「ねえ、そのごちそう、わたしにもわけておくれよ。」

声《こえ》の主《ぬし》は、数年前《すうねんまえ》から宮殿《きゅうでん》にすみついているねずみのマウゼリンクス夫人《ふじん》でした。

おきさきさまは、このふびんな夫人《ふじん》に、少《すこ》しだけわけてあげようと思《おも》いました。

しかし、夫人《ふじん》はちっとも遠《えん》りょすることなく、次《つぎ》から次《つぎ》へとあぶらみを要求《ようきゅう》します。


*園遊会《えんゆうかい》……庭園《ていえん》で客《きゃく》をまねき、食事《しょくじ》などをふるまう会《かい》。

さらには夫人《ふじん》の七《なな》ひきの息子《むすこ》たちまで出《で》てきたので、あぶらみはほんの少《すこ》ししか残《のこ》りませんでした。

完成《かんせい》したあぶらみの少《すく》ないソーセージを見《み》て、王《おう》さまは深《ふか》い悲《かな》しみのあまり、お客《きゃく》さまの前《まえ》でおいおいと泣《な》いてしまいました。そして、おきさきさまから事情《じじょう》を聞《き》くと、マウゼリンクス夫人《ふじん》とその一族《いちぞく》を、宮殿《きゅうでん》から追《お》い出《だ》すことに決《き》めたのです。

そこで、宮廷《きゅうてい》でやとわれていた時計師《とけいし》で秘薬調合師《ひやくちょうごうし》でもあるおじさんと同《おな》じ名前《なまえ》のクリスチャン・エーリアス・ドロッセルマイアー氏《し》が呼《よ》ばれました。

ドロッセルマイアー氏《し》は、自分《じぶん》で考《かんが》え出《だ》した、ねずみとりのわなをしかけました。マウゼリンクス夫人《ふじん》はずるがしこかったので、なかなかうまくいきませんでしたが、夫人《ふじん》の七人《ななにん》の息子《むすこ》や親《しん》せきたちは、わなにつかまってしまいました。

マウゼリンクス夫人《ふじん》は、残《のこ》ったほんのわずかな家来《けらい》たちを連《つ》れて、ついに宮殿《きゅうでん》を去《さ》りました。しかし、その心《こころ》にははげしいふくしゅうのほのおが燃《も》えていたのです。おきさきさまが、ひめのそばにねこをだいた子守《こも》り役《やく》をたくさん置《お》いたのは、復《ふく》しゅうに燃《も》えたマウゼリンクス夫人《ふじん》から、いつか仕返《しかえ》しをされやしないかと、不安《ふあん》でたまらなかったからなのです。

ところが、ある夜《よる》のこと。ゆりかごのそばにいた女官《にょかん》、家来《けらい》、ねこまでが、みんなぐっすりねむってしまったすきに、マウゼリンクス夫人《ふじん》が現《あらわ》れました。ゆりかごでねむっているおひめさまに近《ちか》づいて、何《なに》かおそろしいのろいをかけたのでしょう。あんなにかわいらしかったひめが、頭《あたま》でっかちのぶかっこうな姿《すがた》になってしまったのです。おまけに、口《くち》は耳《みみ》までさけています。王《おう》さま、おきさきさまはもちろん、だれもがみな悲《かな》しみで打《う》ちひしがれてしまいました。

　そこで、またドロッセルマイアー氏《し》が呼《よ》ばれ王《おう》さまはこう言《い》いました。

「ひめがこんな姿《すがた》になったのはおまえのせいだ。四週間以内《よんしゅうかんいない》にひめの美《うつく》しさを取《と》りもどさなければ、命《いのち》はないと思《おも》え。」

ドロッセルマイアー氏《し》は、すっかりまいってしまいましたが、何《なん》とかこの任務《にんむ》をはたそうとしました。友人《ゆうじん》でもある宮廷《きゅうてい》づきのうらない師《し》を呼《よ》び、あらゆる不思議《ふしぎ》なことについて書《か》かれた本《ほん》をかたっぱしから調《しら》べたり、星《ほし》うらないをしたりして、やっとのことで、ひめの美《うつく》しさを取《と》りもどす方法《ほうほう》を見《み》つけました。

それは、クラカツークという、とてもかたいくるみの実《み》をひめに食《た》べさせる、というものでした。しかも、そのクラカツークをわることができるのは、生《う》まれてから一度《いちど》も長《なが》ぐつをはいたことがなく、ひげをそったこともない若《わか》い男《おとこ》の人《ひと》で、その人《ひと》がくるみをかみくだいて取《と》り出《だ》したなかの実《み》を、目《め》を閉《と》じたままひめにわたさなくてはならないのです。それから、その男《おとこ》の人《ひと》が後《うし》ろ向《む》きに七歩《ななほ》ころばずに歩《ある》いて目《め》を開《あ》けたら成功《せいこう》だというのでした。

ドロッセルマイアー氏《し》とうらない師《し》は、クラカツークを探《さが》す旅《たび》に出《で》ました。しかし、それから十五年間《じゅうごねんかん》探《さが》し続《つづ》けても、クラカツークは見《み》つかりません。二人《ふたり》はすっかり困《こま》りはてて、ふるさとのニュルンベルクへ行《い》くことにしたのです。

ニュルンベルクに住《す》むドロッセルマイアー氏《し》のいとこを久々《ひさびさ》に訪《たず》ねて、クラカツークの話《はなし》をしたところ、奇跡《きせき》が起《お》きました。何《なん》という偶然《ぐうぜん》でしょう！　たまたま、いとこが旅人《たびびと》から買《か》った一個《いっこ》のくるみが、まぎれもないクラカツークだったのです。

さらに、もう一《ひと》つよいことがありました。いとこの息子《むすこ》が、クラカツークをわることができる人物《じんぶつ》の条件《じょうけん》にあてはまるというのです。

二人《ふたり》は、さっそくいとこの息子《むすこ》を王《おう》さまの前《まえ》へ連《つ》れてきました。

礼儀《れいぎ》正《ただ》しくおじぎをした少年《しょうねん》は、目《め》を閉《と》じると、だれもわることができなかった、かたいクラカツークを見事《みごと》にわってしまいました。そして、なかの実《み》をおひめさまに手《て》わたし、後《うし》ろ向《む》きに一歩《いっぽ》、二歩《にほ》、三歩《さんぽ》……と歩《ある》き始《はじ》めました。すると、その間《あいだ》にも、クラカツークの実《み》を食《た》べたおひめさまの姿《すがた》が、だんだんもとの美《うつく》しい姿《すがた》にもどり始《はじ》めたのです。

宮廷《きゅうてい》じゅうが喜《よろこ》びのあまり大《だい》さわぎとなりました。

あまりのさわぎにうろたえながらも、少年《しょうねん》が最後《さいご》の七歩目《ななほめ》をゆかにつこうとしたとき、何《なん》と床板《ゆかいた》からマウゼリンクス夫人《ふじん》が飛《と》び出《だ》してきたのです。少年《しょうねん》は、気《き》づかずに夫人《ふじん》をふみつけ、大《おお》きくよろめいてしま

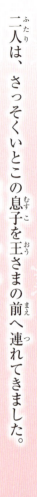

いました。少年《しょうねん》にふみつけられた夫人《ふじん》は、にくまれ口《ぐち》をたたきながらもとうとう息《いき》を引《ひ》きとりました。

しかし、そのとたん、今度《こんど》は少年《しょうねん》が、さっきまでのピルリパートひめのような、頭《あたま》でっかちで、耳《みみ》がさけた、くるみわり人形《にんぎょう》そっくりのみにくい姿《すがた》になってしまったのです。美《うつく》しさをとりもどしたひめは、変《か》わりはてた少年《しょうねん》の姿《すがた》を見《み》て、悲鳴《ひめい》を上《あ》げました。

その後《ご》、時計師《とけいし》とうらない師《し》と、くるみわり人形《にんぎょう》そっくりになった少年《しょうねん》は、城《しろ》を追《お》い出《だ》されてしまいました。

うらない師《し》が、少年《しょうねん》の今後《こんご》についてうらなった結果《けっか》はこうでした。

「七《なな》つの頭《あたま》を持《も》つねずみの王《おう》さまが現《あらわ》れ、彼《かれ》はそれを見事《みごと》にやっつける。そして、そばにいるおひめさまが、みにくい姿《すがた》をものともせずに彼《かれ》に思《おも》いを寄《よ》せたとき、彼《かれ》はもとの美《うつく》しい姿《すがた》にもどるだろう。」

第《だい》4章《しょう》 最後《さいご》の戦《たたか》い

一週間後《いっしゅうかんご》、ようやく元気《げんき》になったマリーは、まっさきに居間《いま》の戸《と》だなを見《み》にいきました。そこには、くるみわり人形《にんぎょう》がおり、マリーにはにこにこ笑《わら》っているように見《み》えました。その姿《すがた》を見《み》て、マリーはとてもうれしくなりましたが、すぐに不安《ふあん》におそわれました。ドロッセルマイアーおじさんの話《はなし》は、きっとこのくるみわり人形《にんぎょう》のことだと思《おも》っていたからです。

自分《じぶん》が見《み》た、ねずみの王《おう》さまとの戦《たたか》いは、きっとまだ続《つづ》いているはずです。でも、どうして、人形《にんぎょう》たちはあれから動《うご》かなくなってしまったのでしょう。

マリーは、こう考《かんが》えました。わたしが心《こころ》から信《しん》じることができれば、くるみわり人形《にんぎょう》も、ほかの人形《にんぎょう》たちも、また生《い》き生《い》きと動《うご》き出《だ》すにちがいないと。

夕方《ゆうがた》、お父《とう》さんが帰《かえ》ってきました。ドロッセルマイアーおじさんもいっしょです。みんなでお茶《ちゃ》を飲《の》んでいるとき、マリーはおじさんに向《む》かってこう言《い》いました。

「わたしのくるみわりさんは、ニュルンベルク生《う》まれのおじさんのいとこの息子《むすこ》さんなんでしょう？　ねずみの王《おう》さまとの戦《たたか》いが続《つづ》いているのに、どうして助《たす》けてあげないの？」

それを聞《き》いて、姉《あね》のルイーゼとお母《かあ》さんは笑《わら》いました。お父《とう》さんも信《しん》じてくれません。まじめに聞《き》いているのは、ドロッセルマイアーおじさんとフリッツだけでした。おじさんはほほ笑《え》むと、マリーをひざの上《うえ》にだき上《あ》げて、こうささやいたのです。

「かわいいマリー。きみには本当《ほんとう》のことがわかるんだね。きみが本気《ほんき》でくるみわり人形《にんぎょう》を助《たす》けるつもりなら、つらくて悲《かな》しいことをたくさん乗《の》りこえなくちゃいけないんだよ。残念《ざんねん》ながら、おじさんでは力《ちから》になれないんだ。**彼《かれ》を助《たす》けられるのはきみだけなんだよ。くじけないで立《た》ち向《む》かうんだ。いいかい？**」

それから何日《なんにち》かたったある夜《よる》。マリーは、みょうな音《おと》で目覚《めざ》めました。ガタガタという物音《ものおと》に、キイキイという鳴《な》き声《ごえ》。

「ねずみだわっ！」

マリーは急《いそ》いでお母《かあ》さんを起《お》こそうとしましたが、どういうわけか声《こえ》が出《で》ません。手足《てあし》も動《うご》かせません。そうしているうちに、かべの穴《あな》から出《で》てきたのは、七《なな》つの頭《あたま》に王《おう》かんをかぶった、あのねずみでした。しかも、マリーのベッドのすぐわきのいすに飛《と》び乗《の》ってきたのです。

「いいか、おまえのおかしをよこせ。よこさなければ、くるみわり人形《にんぎょう》をかじるぞ。」

ねずみの王《おう》さまはそう言《い》うと、あっという間《ま》にかべの穴《あな》に消《き》えていきました。

マリーは、このおそろしい出来事《できごと》をだれかに話《はな》そうとしましたが、きっと信《しん》じてもらえないと思《おも》いました。そこで、その日《ひ》の夜《よる》、戸《と》だなのはじっこにおかしをたくさん置《お》いておいたのです。

次《つぎ》の朝《あさ》、マリーのおかしがねずみに食《く》いちらかされているのを、お母《かあ》さんが発見《はっけん》しました。何《なに》も知《し》らないお母《かあ》さんはマリーに同情《どうじょう》しましたが、マリーは、これでくるみわりさんが助《たす》かるのなら、おかしだっておしくないと思《おも》いました。

しかし、次《つぎ》の日《ひ》の夜《よる》にもまた、ねずみの王《おう》さまがやってきて今度《こんど》はさとうがしとグミ人形《にんぎょう》を要求《ようきゅう》しました。マリーは泣《な》きそうになりながら、さとうがしとグミ人形《にんぎょう》を戸《と》だなのはじっこに置《お》きました。それらは、マリーのお気《き》に入《い》りだったのです。

「でも、これもくるみわりさんを助《たす》けるためだもの……。」

次《つぎ》の朝《あさ》、マリーの大切《たいせつ》なグミ人形《にんぎょう》たちが、ねずみにぼろぼろにされたのを見《み》つけたお母《かあ》さんは、ドロッセルマイアーおじさんにたのんで、ねずみとりのわなをしかけることにしました。

その夜《よる》のこと。耳《みみ》もとでキイキイという鳴《な》き声《ごえ》がして、マリーは目《め》を覚《さ》ましました。何《なん》と、あのねずみの王《おう》さまが、マリーのかたに乗《の》っているではありませんか。

「わななんてしかけやがって。おい、今度《こんど》は絵《え》本《ほん》をよこせ。ドレスもだ。そうしなきゃ、あのくるみわり人形《にんぎょう》を頭《あたま》からかじってやる！」

マリーはもうどうしていいかわからなくて、次《つぎ》の日《ひ》、居間《いま》に一人《ひとり》になったとき、戸《と》だなのなかのくるみわり人形《にんぎょう》に向《む》かって話《はな》しかけました。

「あの王《おう》さまは、絵本《えほん》やドレスをわたしたって、きっと満足《まんぞく》しないで、どんどんずうずうしくな

るわ。そのうち、あげるものが何《なん》にもなくなったら、わたしをかみ殺《ころ》すって言《い》うかもしれない。一体《いったい》、どうしたらいいの？」

そのとき、マリーはくるみわり人形《にんぎょう》の首《くび》に、血《ち》のようなしみがあるのに気《き》がつきました。そこで、人形《にんぎょう》を戸《と》だなから取《と》り出《だ》し、ハンカチでふいてあげました。

すると、とつぜん、人形《にんぎょう》の体《からだ》がまるで血《ち》がかよったかのように温《あたた》かくなり、しかも動《うご》きだしたではありませんか。マリーがあわててたなにもどしました。

「マリーさん、何《なん》とお礼《れい》を申《もう》し上《あ》げたらよいか……。でも、もう大丈夫《だいじょうぶ》です。後《あと》はわたしにおまかせを。ただ、剣《けん》を一《ひと》つ、おさずけいただければ。」

人形《にんぎょう》はそう言《い》って、それからまた動《うご》かなくなってしまいました。

マリーは、くるみわり人形《にんぎょう》にぴったりな剣《けん》を手《て》に入《い》れるにはどうしたらいいか、フリッツに相談《そうだん》しました。するとフリッツは、自分《じぶん》の軍隊《ぐんたい》で昨日《きのう》引退《いんたい》させたばかりの兵隊《へいたい》の剣《けん》を取《と》り出《だ》し、くるみわり人形《にんぎょう》につけてくれたのです。

夜《よる》になると、居間《いま》のほうからバタバタという音《おと》がしてきました。くるみわり人形《にんぎょう》が、ねずみの王《おう》さまと戦《たたか》っているのでしょう。マリーはくるみわり人形《にんぎょう》のことが心配《しんぱい》で、ベッドのなかではらはらしながらずっと、戦《たたか》いのゆくえを気《き》にかけていました。そして、やみをつんざくような、するどい悲鳴《ひめい》が上《あ》がったかと思《おも》うと、それきりしんと静《しず》まりかえってしまったのです。

「あれは、きっとねずみの王《おう》さまの声《こえ》だわ。一体《いったい》、どうなったのかしら？」

不安《ふあん》に思《おも》っていると、マリーの部屋《へや》の戸《と》をたたく、小《ちい》さな音《おと》が聞《き》こえました。

「マリーさん、ご安心《あんしん》ください。よい知《し》らせです。」

それは、くるみわり人形《にんぎょう》の声《こえ》でした。マリーが急《いそ》いで戸《と》を開《あ》けると、ろうそくをかかげたくるみわり人形《にんぎょう》がいました。

「マリーさんのおかげで、わたしはあのにっくきねずみの王《おう》をしとめることができ

ました。さあ、どうぞ、勝利《しょうり》のあかしをお受《う》けとりください。」

そう言《い》うと、くるみわり人形《にんぎょう》は、左《ひだり》うでにかけていた七《なな》つの金《きん》の王《おう》かんをはずし、マリーに差《さ》し出《だ》しました。

「まあ、こんなすてきなかんむりをわたしに？」

「ええ。それから、ぜひともマリーさんにお見《み》せしたい、すばらしいものがあるんです。さあ、いっしょに行《い》きましょう！」

第《だい》5章《しょう》
人形《にんぎょう》の国《くに》へ

マリーがついていくと、くるみわり人形《にんぎょう》は古《ふる》い洋服《ようふく》だんすの前《まえ》でとまりました。

そして、お父《とう》さんのコートの背中《せなか》にある大《おお》きなふさかざりを引《ひ》っぱると、するすると階段《かいだん》がおりてきたではありませんか。その階段《かいだん》をすっかりのぼると、目《め》の前《まえ》に宝石《ほうせき》のようにまぶしく、さわやかな草《くさ》のにおいのする牧場《ぼくじょう》が広《ひろ》がっていました。

「ここは、氷《こおり》ざとうの牧場《ぼくじょう》です。きれいでしょう？　でも、都《みやこ》まで急《いそ》ぎましょう。」

そう言《い》って、くるみわり人形《にんぎょう》はどんどん先《さき》へ進《すす》んでいきます。さとうづけのアーモンドとレーズンでできた門《もん》や、色《いろ》とりどりのさとうがしをならべたタイル、金銀《きんぎん》の木《き》の実《み》やリボンや花《はな》たばでかざられたクリスマスの森《もり》、オレンジジュースやレモネードの川《かわ》に、ジンジャーケーキの村《むら》、キャンディの町《まち》……。

どれもこれも初《はじ》めて見《み》るすばらしい光景《こうけい》で、マリーはずっと感動《かんどう》してばかりいましたが、くるみわり人形《にんぎょう》は都《みやこ》へ向《む》かってどんどん先《さき》を急《いそ》ぎます。

バラのかおりがする川《かわ》を貝《かい》の船《ふね》に乗《の》って進《すす》み、さとうづけくだものの森《もり》をぬけると、やっと都《みやこ》に着《つ》きました。そして、多《おお》くの人々《ひとびと》でにぎわう城下《じょうか》町《まち》をぬけ、ついにマジパン*でできたお城《しろ》にたどり着《つ》いたのです。

「ああ、王子《おうじ》さま、お兄《にい》さま、お帰《かえ》りなさい！」

マリーのお人形《にんぎょう》くらいの大《おお》きさの四人《よにん》の貴婦人《きふじん》が現《あらわ》れて、くるみわり人形《にんぎょう》を取《と》りかこみました。

くるみわり人形《にんぎょう》は、この人形《にんぎょう》の国《くに》の王子《おうじ》だったのです。

＊マジパン……アーモンドやさとうの粉《こな》をねってかためたもの。
おかし用《よう》にさまざまなかざりをつくることができる。

「この方《かた》が、わたしの命《いのち》の恩人《おんじん》、マリー・シュタールバウムさまだよ。」

くるみわり人形《にんぎょう》がしょうかいすると、四人《よにん》の妹《いもうと》たちは口々《くちぐち》に感謝《かんしゃ》の言葉《ことば》をのべて、なみだを流《なが》しながらマリーにだきついてきました。

妹《いもうと》たちは、手料理《てりょうり》やおかしでマリーをもてなす準備《じゅんび》を始《はじ》めました。料理《りょうり》が大好《だいす》きなマリーは、自分《じぶん》も手伝《てつだ》わせてもらいました。

楽《たの》しい時間《じかん》を過《す》ごしているうちに、マリーはみんなの声《こえ》がだんだん遠《とお》のいていくのに気《き》がつきました。いつの間《ま》にかマリーの体《からだ》は、ふわふわと空中《くうちゅう》をただよい始《はじ》め、大《おお》きくうねる波《なみ》に乗《の》って、高《たか》く高《たか》くまい上《あ》がっていきます。そして、急《きゅう》にまっさかさまに落《お》ちたかと思《おも》うと……自分《じぶん》のベッドの上《うえ》にいました。

マリーはお母《かあ》さんに、くるみわり人形《にんぎょう》がねずみの王《おう》さまをたおしたこと、そして、彼《かれ》に案内《あんない》されて不思議《ふしぎ》な場所《ばしょ》へ行《い》ってきたことを話《はな》しました。でも、今度《こんど》もまた信《しん》じてもらえません。

「本当《ほんとう》よ！　ほら、これを見《み》て！」

マリーは、例《れい》の七《なな》つの王《おう》かんをしょうことして差《さ》し出《だ》しました。しかし、「こんな立派《りっぱ》なものをどこから持《も》ってきたの？　正直《しょうじき》に言《い》いなさい。」とせめられてしまったのです。

もしそこへ、ドロッセルマイアーおじさんが現《あらわ》れて、自分《じぶん》があげたものだと言《い》ってマリーをかばってくれなかったら、大変《たいへん》なことになっていたでしょう。

マリーはすっかり悲《かな》しい気持《きも》ちになって、戸《と》だなのなかにある、くるみわり人形《にんぎょう》を見《み》つめながら、ため息《いき》まじりにこう言《い》いました。

「ああ、あなたが生《い》きて、動《うご》いてくれたらいいのに。あなたがどんな姿《すがた》をしていたって、わたしはピルリパートひめのように、あなたをばかにしたりしないわ。」

それを聞《き》いていたおじさんは大笑《おおわら》いをしました。そのとき、マリーはとつぜん、いすから転《ころ》げおちて気《き》を失《うしな》ってしまったのです。

気《き》がつくと、お母《かあ》さんが心配《しんぱい》そうに見《み》つめていました。

「大丈夫《だいじょうぶ》？　ドロッセルマイアーおじさんのいとこの息子《むすこ》さんが、ニュルンベルクからいらしているのよ。着《き》がえてきてお行儀《ぎょうぎ》もよくしてね、いい？」

マリーは不思議《ふしぎ》に思《おも》いながら、言《い》われた通《とお》りに客間《きゃくま》に行《い》きました。すると、小《こ》がらで美《うつく》しい少年《しょうねん》が、おじさんとともに立《た》っていたのです。

少年《しょうねん》はやがて、マリーと二人《ふたり》きりになると、言《い》いました。

「マリーさん、わたしです。くるみわり人形《にんぎょう》だった、ドロッセルマイアーです。あなたの言葉《ことば》で、のろいが解《と》けたのです。わたしは今《いま》、あのマジパン城《じょう》の当主《とうしゅ》＊です。

どうか、わたしと結婚《けっこん》して、ともに人形《にんぎょう》の国《くに》を治《おさ》めてください。」

「ああ、愛《いと》しのドロッセルマイアーさん、喜《よろこ》んでまいります！」

こうして、マリーはドロッセルマイアー少年《しょうねん》と婚約《こんやく》し、人形《にんぎょう》の国《くに》のおきさきさま

＊当主《とうしゅ》……その家《いえ》の現在《げんざい》の主人《しゅじん》。

として、マジパン城《じょう》に住《す》むことになったのです。

くるみわり人形《にんぎょう》とねずみの王《おう》さまのお話《はなし》は、これでおしまいです。

物語《ものがたり》について知《し》ろう！

ドロッセルマイアーおじさんのモデル

ドロッセルマイアーおじさんのモデルは、ホフマン自身《じしん》と言《い》われています。むすめを早《はや》くに亡《な》くしていたので、友人《ゆうじん》の子《こ》どものルイーゼ、フリッツ、なかでもマリーをとてもかわいがりお話《はなし》を聞《き》かせました。ドロッセルマイアーおじさんのように。そのお話《はなし》の一《ひと》つが、『くるみわり人形《にんぎょう》とねずみの王《おう》さま』でした。バレエでは主人公《しゅじんこう》の名前《なまえ》は「クララ」であることが多《おお》いです。これは、マリーがクリスマスプレゼントにもらった人形《にんぎょう》につけた名前《なまえ》からとられています。

E.T.A.ホフマンについて

1776〜1822年《ねん》

ドイツのケーニヒスベルク（現在《げんざい》はロシア領《りょう》）生《う》まれ。作家《さっか》、判事《はんじ》、音楽家《おんがくか》。ホフマンの生涯《しょうがい》をもとにした『ホフマン物語《ものがたり》』というオペラとバレエもあります。

何《なん》でもこなす天才《てんさい》

判事《はんじ》としても優秀《ゆうしゅう》でしたが、作曲《さっきょく》したり劇《げき》を書《か》いたり絵《え》を描《か》いたりもしました。芸術家《げいじゅつか》として成功《せいこう》した後《あと》、小説《しょうせつ》を書《か》き始《はじ》めたという多才《たさい》な経歴《けいれき》の持《も》ち主《ぬし》です。

その他《ほか》の作品《さくひん》

- 『黄金《おうごん》のつぼ』(1814年《ねん》)
- 『牡猫《おすねこ》ムルの人生観《じんせいかん》』(1819年《ねん》、1821年《ねん》)

＜参考文献《さんこうぶんけん》＞

・『クルミわりとネズミの王《おう》さま』
上田真而子《うえだまにこ》訳《やく》、岩波少年文庫《いわなみしょうねんぶんこ》、2000年《ねん》

・『くるみわり人形《にんぎょう》』
大河原晶子《おおかわらしょうこ》訳《やく》、ポプラ社《しゃ》、2005年《ねん》

トキメキ夢《ゆめ》文庫《ぶんこ》　刊行《かんこう》のことば

長《なが》く読《よ》み継《つ》がれてきた名作《めいさく》には、人生《じんせい》を豊《ゆた》かで楽《たの》しいものにしてくれるエッセンスがつまっています。でも、小学生《しょうがくせい》のみなさんには少《すこ》し難《むずか》しそうにみえるかもしれませんね。そんな作品《さくひん》をよりおもしろく、よりわかりやすくお届《とど》けするために、トキメキ夢文庫《ゆめぶんこ》をつくりました。日本《にほん》の新《あたら》しい文化《ぶんか》として根《ね》づきはじめている漫画《まんが》をとり入《い》れることで、名作《めいさく》を身近《みぢか》に親《した》しんでもらえるように工夫《くふう》しました。

ぜひ、登場人物《とうじょうじんぶつ》たちと一緒《いっしょ》になって、笑《わら》ったり、泣《な》いたり、感動《かんどう》したり、悩《なや》んだりしてみてください。そして、読書《どくしょ》ってこんなにおもしろいんだ！　と気《き》づいてもらえたら、とてもうれしく思《おも》います。

この本《ほん》を読《よ》んでくれたみなさんの毎日《まいにち》が、夢《ゆめ》いっぱいで、トキメキにあふれたものになることを願《ねが》っています。

２０１６年《ねん》７月《がつ》　新星出版社編集部《しんせいしゅっぱんしゃへんしゅうぶ》

＊今日では不適切と思われる表現が含まれている作品もありますが、時代背景や作品性を尊重し、そのままにしている場合があります。

＊原則として、小学六年生までの配当漢字を使用しています。語感を表現するために必要であると判断した場面では、中学校以上で学習する漢字・常用外漢字を使用していることもあります。

＊より正しい日本語の言語感覚を育んでもらいたいという思いから、漫画のセリフにも句読点を付加しています。

原作＊ウィリアム・シェイクスピア（ロミオとジュリエット）
シャルル・ペロー（ねむれる森の美女）
ウラジミール・ベギチェフ、ワシリー・ゲリツェル（白鳥の湖：台本）
E・T・A・ホフマン（くるみわり人形とねずみの王さま）
編訳＊粟生こずえ（ロミオとジュリエット、白鳥の湖）／
高橋みか（ねむれる森の美女、くるみわり人形とねずみの王さま）
マンガ・絵＊花野リサ（ロミオとジュリエット）／笑夢かぇる（ねむれる森の美女）／
ことり（白鳥の湖、くるみわり人形とねずみの王さま）
本文デザイン・DTP＊（株）ダイアートプランニング（髙島光子）
装丁＊小口翔平＋上坊奈々子（tobufune）
構成・編集＊株式会社スリーシーズン（木村泉、藤門杏子）

本書の内容に関するお問い合わせは、**書名、発行年月日、該当ページを明記**の上、書面、FAX、お問い合わせフォームにて、当社編集部宛にお送りください。**電話によるお問い合わせはお受けしておりません。**また、本書の範囲を超えるご質問等にもお答えできませんので、あらかじめご了承ください。

FAX：03－3831－0902
お問い合わせフォーム：http://www.shin-sei.co.jp/np/contact-form3.html

トキメキ夢文庫
ロミオとジュリエット　バレエの名作4選

2017年11月15日　初版発行

編　者　新星出版社編集部
発行者　富永靖弘
印刷所　株式会社高山

発行所　東京都台東区台東2丁目24　株式会社　新星出版社
〒110-0016 ☎03（3831）0743

ISBN978-4-405-07260-2